DIASASSADOS

Romance
2017

André Resende

DIASASSADOS

InMediaRes

InMediaRes

Capa: Mariana Torres
Diagramação: Mariana Mendes
Revisão e edição: Ana Beatriz Manier
Foto: Gabriel Garcia
Modelos: Giovana Cavalcanti e Antônio Andrade

Dados Internacionais de Catalogação na Publicação (CIP)

R433d
Resende, André, 1964-
Diasassados / André Resende - 1ª edição – Nova Friburgo - RJ:
InMediaRes, 2017

ISBN: 978-85-94016-02-7
1.Literatura brasileira. 2. Ficção brasileira. 3. Romance brasileiro I. Título

CDU 82.3 CDD:B869.3

Educatoris Instituto de Educação Multidisciplinar Ltda
Rua Abdo Abi-Ramia, 81
28630-090 - Nova Friburgo – RJ
www.inmediares.com.br

Para Guilherme e Otávio, que apreciem a travessia da vida com amor.
Para Roberto Ramos, Robertinho, que gosta de ter família
e aprecia a travessia da vida com amor.
Para Ana Beatriz, Isaias e Maria Fernanda,
que dão luz a travessias escritas,
com amor.

Oh, tente me entender, disse. Eu sou assim: falo através de arrodeios. Mas vou chegar naquela parte que mais interessa. Aquela em que concluo falando da importância do amor.

Noam.

zero.

Você vai entender. Talvez, depois de umas tantas palavras, você diga: Noam, entendi. Tudo faz sentido, Noam.

Minha vida é simples. Acordo seis da manhã, sempre. De domingo a domingo. Levanto da cama e vou correr. Corro uma hora, uma hora e meia. Tenho de estar pronto para trabalhar oito em ponto. Depois das oito, estar no calçadão de Boa Viagem caminhando, correndo, olhando a paisagem e dizendo quero mais disso para mim, me soa como preguiça, procrastinação ou vagabundagem. Mesmo que não seja, que não passe do resquício de um tempo em que eu deva ter feito voto de pobreza e limitação, ainda me soa assim. Infelizmente, ainda me sinto em um lugar de trabalhador com hora determinada para começar e para terminar meu trabalho.

Nove da manhã estou no estúdio. Entenda: não é escritório, nem laboratório. É um estúdio. É onde leio e escrevo. Onde faço pesquisas simples, vou em busca de informações acessíveis. Por algum tempo tentei trabalhar em casa. Tomava café. Falo café porque a palavra dejejum não cabe. Moro em Recife. Quando digo café aí está tudo de uma mesa pronta para o café da manhã.

Antes, eu não comia nada. Via os noticiários, respondia mensagens. Depois, ora, depois não sabia por onde começar. Me perdia nas inúmeras notícias na televisão, na internet, no telefone. Por isso decidi comprar um estúdio perto da praia. Fica três quilômetros de casa. Posso ir andando, de bicicleta ou de carro. Depende da agenda do dia. Na maioria dos dias estou quieto no estúdio. Quando digo quieto quer dizer que eu estou lendo ou escrevendo, sem agenda de reuniões presenciais ou pela internet.

Até um tempo atrás, eu achava que deveria começar o dia pensando nos resultados que venho obtendo no trabalho. Tinha, ao lado da poltrona, uma fileira de livros e artigos. Meu Deus, quantos artigos. Os livros foram substituídos por artigos e mais artigos, quase todos iguais. Quase todos um tipo insosso e sem vida de relatório dentro de um modelito apertado e básico, escrito por gente sem cultura, sem conhecimento do mundo e distante das pessoas. Um modelito orientado por um punhado de regras probatórias de fazer o certo no lugar certo. Na verdade, todos iguais. Todos obedecendo uma forma de tentar apresentar uma ideia nova, revendo tudo que foi dito até aquele exato nano calor luminoso do mais íntimo neurônio. Cada antes se torna mais enfadonho ao querer dizer algo novo, ter uma centelha de inovação, seja em qual área for.

Tenho prazer de manhã em ver a mesa pronta, em parte feita por mim, com frutas, pães, queijos e tudo mais. Espero minha mulher, Helena, descer, sempre sorrindo, e com ela algum filho ou mesmo hóspede. Não demora muito, menos de uma hora, mas é a parte mais importante do dia. Todas aquelas vozes, sorrisos e conversas matinais colocam minha vida em ordem e sigo para meu estúdio o mais completo ser humano que a humanidade pôde, sem querer, produzir.

O estúdio não é um laboratório. Não preciso recorrer a máquinas de ressonância, nem alugo tempo nos centros de neurologia. Mais simples. Não é uma sala de aula: não estou disponível para nenhum tamanho de plateia, embora tenha falado a diversos públicos por alguns anos e não recuse falar com alunos e profissionais, quando necessário. Seria melhor se pudesse nunca mais falar em público. Mas encaro isso como parte de um compromisso de levar para as pessoas, como divulgador, algo que está transformando o mundo. Ao mesmo tempo, e isso é muito importante de ressaltar, aprendo a ser simples na maneira de dizer alguma coisa para alguém e humilde na forma como digo alguma coisa para as pessoas.

Cada vez diante de uma plateia, tenho de ser mais ator e prefiro ser escritor. Antes, falava para que as pessoas chegassem a mim. Havia um modelo tipo olhe para mim e ouça minha mensagem. Ou chegassem a ideias que vinham de minhas leituras e pesquisas. As pessoas têm interesse de alcançar um conhecimento pertencente a outras pessoas, aceitam, com isso, palavras, conceitos e concepções fora de seu alcance cotidiano. Em algum momento, fui rude em meus pensamentos, achando que falava para as paredes e acreditava que poucos iluminados saberiam ouvir e compreender, compreender e colocar em prática, colocar em prática e transformar o mundo.

Agora, sei que tenho de chegar nas pessoas e submeter sugestões, e possíveis revelações, em um nível de entendimento simples. Até para públicos de pesquisadores, tenho de preparar algo acessível. Tão acessível que seja entendido por alunos do fundamental dois. E tenho de falar com um número reduzido de palavras, do contrário, não serei entendido. Em parte, isso se deve aos limites de preparação e limitações de vocabulário e conhecimento geral que possuem as plateias. Mas é verdade que me esforço para ser um canal, um divulgador, e tento ser simples, o mais simples que um pregador possa ser.

Quando se trata de um público em formação cultural e sem experiência de vida, não adianta tentar levar ideias a alegorias ou lugares que se justificariam por espelhar a beleza da verdade. A cada geração, temos de diminuir as expectativas de estar falando para pessoas que saibam que a raiz do homem é o próprio homem, que tenham algum interesse em compreender a natureza humana, que saibam com clareza por que estão envolvidas em descobrir algo e por qual propósito. Não, isso não é mais um problema. Aprendi que é assim.

Somos quem somos porque um mal-estar elevado nos levou a ser quem somos. À medida que tomamos conhecimento desse mal-estar, talvez ele possa ser atenuado ou exagerado.

Se nos surpreendemos formados por alguns deles, isto é, se essa surpresa for uma forma de conhecimento, é possível que um ou outro mal-estar seja atenuado e até deixe de existir. Exceto para aqueles que estejam vivendo para além do psíquico. Vou explicar, antes que um apressado queira me ensinar que tudo faz parte do psíquico.

Você pode dizer que tudo está ao alcance do psíquico, mas é um descuido aceitar isso como verdade, porque só conseguimos guardar pouco de toda a informação disponível. Todo o conhecimento fora de nosso corpo e de nossa mente está para além do psíquico. Não é nada provável que tamanha dose de informação como a de hoje em dia, em graus de complexidade e variedade, possa ser absorvida, interpretada e transformada em experiência de vida. O sinal de mais evidência disso é o transbordamento das necessidades simples de informação, uma ingestão por todos os sentidos de megas blocos e linhas imperceptíveis de informação, confundindo as ações imediatas da realização da vida. Em uma situação assim, falar de experiência de vida, em um estado de distância de experiências vividas, é algo frágil.

Hoje, por sorte, dois ou três livros me rendem o suficiente para viver na margem das necessidades dos cientistas em busca de recursos estatais ou doações de grupos empresariais. Isso me poupa e não me deixa viver sob grande estresse. Meu trabalho envolve memórias a partir de coisas aparentemente iguais e próximas: cérebro, mente, psíquico e emoções. Estou associado a dois grupos de pesquisa, em dois lugares diferentes do mundo. Escolhidos a dedo: Barcelona e Nova Iorque. Uma vez por ano vou a cada um desses lugares e fico um mês.

Se fosse possível, escolheria o Pontal de Maracaípe, na região do Recife, e Florença, na Toscana, mas acredito que os colegas achariam demais tanto sol, mar e silêncio ou tanta cultura em uma época em que o mundo muda a uma velocidade surpreendente.

Freud deixou entender que a ideia de a Terra girar ao redor do Sol foi uma espécie de fratura na identidade que as pessoas tinham com o sagrado, desmoronando a consistência de superioridade da Terra diante de todos os astros do Universo. Entender a maneira como a Terra girava em torno do Sol e o lugar que cada estrela ocupava na ordem e na orientação de um plano de sair em busca de novas terras, sim, sim, foi de fato importante. Mais ainda um século depois da teoria passar pelo aperto inquisidor das religiões, sempre querendo determinar como devemos viver, agir, pensar e sentir de um ponto movido por medo e por mistério.

A contabilidade teve impacto ainda maior e surpreendente, processando um modelo de evolução mental que impactava imediata e diretamente na rotina das pessoas e na ordem das trocas reais. Havia um controle das coisas. Se algum método fez a mente avançar, naquele período, foi a contabilidade e depois os pesos e medidas para, enfim, dar para as trocas uma ideia de justeza e igualdade. Saber que a Terra não era o centro do Universo ou que o Sol não girava em torno da

Terra teve uma importância em doses diminutas e contínuas ao longo do tempo, mas não acredito que tenha arranhado nada, a não ser os donos da igreja Católica. Ajudou a descobrir mundos e a ampliar nossa capacidade de imaginar quais tipos de existência acontecem fora de nosso planeta, mas ainda precisamos olhar para dentro de nós.

Até hoje, pelo menos para quem nasce no Leste do Brasil, seguimos achando que o Sol nasce no Leste e se põe no Oeste. Ninguém se importa se a Terra gira em torno do Sol, porque esse movimento não é mais importante que nascer e se pôr. Transitar de um lado a outro, nascer e se pôr parecem mais importante que compreender que estamos ao redor de algo ou de alguém.

Quando vou a Barcelona, paro em Lisboa. Parar em Lisboa é fundamental. De Lisboa vou a Barcelona. Ir a Barcelona é essencial. De Barcelona, invariavelmente, vou a Girona e depois Port Bu. Vou a Port Bu orar por Walter Benjamin, aquele que conseguia ver beleza e delicadeza vivendo nas piores condições de vida. Sem Benjamin, eu não poderia entender que, ao fim e por essência, estudar memória, mente e psíquico tem a ver com compreender a experiência vivida e a transmissão da experiência de vida como partes da evolução humana. Mas houve um tempo que deixei suas ideias de lado e tive de avançar. Precisava abrir mão de um sentimento de pena que tinha por ele, aquele que fazia questão de ser vítima, de estar em um lugar de vítima. Benjamin vivia como um pobrezinho, a depender de todos e a parecer confortável em circunstâncias vexatórias, vivendo como dependente ou mendigo. Toda vez que vou a Benjamin em Port Bu, vou para reverenciar aquele amante das palavras, mas estou consciente de seu destino de vítima e de como ele foi criando um lugar de vítima em sua vida.

Benjamin está enterrado em solo catalão. Em qualquer outro momento de minha existência, fui catalão. Mais que isso: vivi naquela região. Os recursos não chegam a tanto para ter uma casa em cada lugar de meu interesse, mas estou satisfeito, pois posso escolher hotéis e pousadas ao pé do mar ou em encostas de onde poderei ver a vastidão do mundo. Até hoje, sempre que possível, meus filhos vão comigo. Isso foi uma conquista para mim. Juntos, corremos o mundo atrás de monstros, culturas, religiões, vulcões, auroras, lagos, campos de futebol, pessoas interessantes, baleias, golfinhos, pássaros, comida, silêncio e orações. E sempre penso que uma casa em qualquer lugar da Catalunha faria bem para minha travessia nesta vida.

Em Barcelona, minhas reuniões são pela manhã e acho maravilhoso andar pela manhã da cidade. Reservo meu começo de dia para tomar meu café na cantina do Liceu. Depois, caminho um pouco, olho os jornais enfadonhamente encharcados de disse-me-disse político, pego o metrô e chego na reunião, quase do outro lado da cidade. O trajeto sempre é agradável. Enquanto estou no grupo de trabalho, meus filhos dormem ou se movem pela cidade. Depois das treze horas nos vemos. Temos sempre que fazer em Barcelona, desde que em alguma parte da tarde haja tempo para chocolate quente com churros na Granja Dulcineia e mais adiante crema catalã no Els Quatre Gats. Todas as vezes que vou a Barcelona, aprecio os churros e a crema catalã desses lugares. Houve alguém que me disse: há churros melhores e cremas superiores. Ouvi e sorri. Venho com meus filhos a Barcelona desde sempre. Somos leais e fiéis a Granja Dulcineia e não trocamos por nenhum outro lugar o Els Quatre Gats.

Eles nem sempre vão comigo a Nova Iorque, a não ser que haja tempo e dinheiro para conhecer alguma outra cidade ou um local em especial. Quando vou sozinho, paro em Miami, mas nem saio do hotel. Fiz isso o suficiente para nunca mais precisar sair. Fico quieto, esperando o voo, concentrado em observar as pessoas.

Em Nova Iorque, fico no bairro do Village para poder aproveitar a cidade, pegar o metrô e ir ao encontro do grupo de trabalho. As reuniões na América são mais curtas e pragmáticas, uma troca de leituras e relatórios dos projetos que cada um anda fazendo. Diferente dos catalães, o grupo de Nova Iorque não perde tempo com o mundo e não parece ter nenhuma missão com as pessoas. Nem assim são mais engraçados e menos competitivos que em Barcelona. O grupo americano tem gente de todo o mundo. Falam pouco, são generosos e disponíveis. Parecem ingênuos, embora nem todos. As pessoas de Barcelona parecem brigar por vírgulas e origem das palavras, mas, ao fim, são igualmente simpáticas e interessantes. Nos dois grupos, tenho amigos maravilhosos, pessoas que amo e admiro.

Se quiser ter uma noção de minha principal atividade hoje, terá de ir a alguma livraria e comprar meus livros. Não estou certo se conseguirá, por aí, chegar a mim. Para não ser exigido a dizer qualquer coisa a todo instante, nem ter de enfrentar a fúria dos discordantes, que por meio de um clique acrescentam difamações e fragmentos da privacidade em suas críticas e encaminham discórdias a distâncias inimagináveis, não sou pensador, nem cientista. Sou escritor. Apenas escritor. Com isso, os cientistas e todo mundo mais podem olhar para meus livros e eventuais artigos como obras de ficção. Melhor assim. Em nada me ofendem. Sou ficcionista. Não precisam me levar a sério. Uma vez que aceito satisfeito a condição e o título de escritor, também não me levo a sério, no sentido de expressar verdades feridas e deixar que fiquem abertas, doendo em público. Essa foi outra conquista minha.

De uma ideia a outra, de um livro a outro, de um autor a outro, começo por incômodos e invenções. Depois, passo a hipóteses e invenções. Revejo e comparo com coisas que foram vistas, procurando invenções. Quando começo a organizar minhas ideias, por mais que precise validar com entrevistas, pesquisas, máquinas, estou simplesmente nesse lugar de inventor.

Antes de seguir essa história e fazer você entender onde cheguei, talvez valha dizer que tento fazer voto de silêncio há cinco anos. Sem sucesso, ainda bem, porque gosto de falar e tenho com quem falar. Desde lá, no entanto, não estou disponível para a imprensa, nem para públicos.

Não é um desejo qualquer de voto de silêncio, mas um alívio para qualquer possível exposição demasiada. Falo com minha mulher, porque está fora de cogitação passar um dia sem falar com ela. Falo com meus filhos, embora seja do desejo deles manter um pouco de silêncio comigo e com a mãe. Também é impossível parar de falar com alguns parentes. Dois amigos. Duas pessoas que trabalham comigo. Em meu período de silencioso, tudo mais é por escrito.

Isso parece pouco social e é embaraçoso. Pode parecer que haja alguma boçalidade e pretensão. Mas não é. E não há. Tampouco é algo religioso, orientado por guia espiritual. Não sou recluso, mas preciso do silêncio. Vivo sozinho apenas um pedaço do dia. Na outra parte do dia, minha mulher sempre está por perto. Meus filhos estão por perto.

Quando viajo para encontrar os grupos de trabalho, concedo um tempo para não falar, sobretudo, nos aeroportos. É fato que não faço esforço para perguntar ou agradar, convencer ou persuadir. Apenas uma regra norteia tudo isso: nenhuma ofensa ou elogio merece mais do que um aceno de cabeça. Um reconhecimento necessário e satisfatório, em silêncio, obrigado. Ou, como prefere se dizer hoje: sou grato, gratidão.

Em algum momento pretendo falar de minha mulher e da sorte de que tenha chegado a mim. Mas é provável que ela venha e me diga: livre-se dessa história, saia do lugar de coitadinho, lave as mãos e venha jantar. Foi com ela que aprendi a sair do lugar de vítima. Como Hegel, ela acredita que o cidadão vítima, objeto da história, que recebe as consequências dos fatos sem ter nenhum domínio e consciência dos acontecimentos é um infeliz. Um ser amoroso, gentil, delicado que jamais aceita o lugar de vítima e nunca se alegra ou se anima com quem procure ou aceite um lugar de vítima, de objeto da história.

Como escritor e ficcionista, nenhum caminho que eu chegue é a verdade por inteira ou absoluta. Assim, fico em paz de que não travarei nenhuma batalha narcísica por um punhado de frases orientadas para ocuparem o lugar de outra verdade. As verdades estão por toda parte, junto com suas fragilidades e equívocos, em nome da universalidade e da diversidade. Boa parte da ausência de amor, paz, perdão, compaixão e tolerância vem daí, de alguém achar que sua verdade tem mais valor que a verdade do vizinho.

Peço desculpas se a história, de início, não parecer emocionante. Gosto de falar que ela faz parte de uma memória limpa, deixada em seu lugar e tempo. Se parecer breve ou inconsistente, saiba que é uma história de um garoto que não sabia aonde daria sua vida. Um garoto de vinte e cinco anos, em um tempo que havia muita sede de conhecimento e quase nenhum canal de acesso a tantas estradas de informação. Um garoto que, em meio ao desconhecimento de si, se julgou atormentado por espíritos, que até hoje não sabe se existiram.

Nesse período de vida, fui tomado por uma intuição que me levou acreditar em encostos, maneira desagradável de aceitar a presença de espíritos ao redor de mim. Não espíritos, isto é, tantos. Apenas um espírito, de uma garota que comecei alimentar como existente a partir da possibilidade de haver mesmo espíritos capazes de atordoar uma vida, mesmo que não seja esse seu propósito, simplesmente por sintonizar, vamos dizer assim, suas ondas negativas, atordoadas e inseguras.

A quem clamo? A quem esta turva apologia da sofisticação existencial se destina? Quem poderia se interessar, tanto tempo depois, por um relato movido pela imprudência? Tudo que direi aqui pode ser descartável. E foi, para minha felicidade, reciclado. Onde ler mal-estar, consegui ver bem-estar. Onde viu dificuldade, encontrei oportunidade. Onde encontrar problemas, transformei em desafios.

Por mais que eu tenha conquistado um estágio de evolução, prosperidade e harmonia, contudo, não consegui ser um homem plenamente simples, humilde, sereno e prudente. Alguns podem chegar ao estágio de Buda em poucos anos. Compreendi que precisarei de algumas vidas. Se forem mais dez, em uma média de oitenta anos, minha elevação necessitará de oitocentos anos. Nunca, nem na maior das dificuldades, pensei pôr fim em minha vida, talvez, porque sempre olhei com desinteresse e sem nenhuma comoção para aqueles que encerraram suas vidas com as próprias mãos. Vítimas, objetos da história. Veja que vou a Port Bu orar por Walter Benjamin quando todos acreditam que ele se matou. Menos eu. Acho que se excedeu na dose de morfina para estancar a dor física e a dor no coração. Quem nunca passou da conta nos medicamentos para conter a dor?

Detesto relato em que a personagem é vítima do destino, da sociedade, de forças ocultas, perseguições cósmicas ou determinações kármicas. Personagens que andam atordoadas pela vida, com pensamentos existenciais sofríveis, movidas por nenhuma força de vontade para sair do lugar de imprecisão e de conturbação. Personagens que se veem sem saída, vivendo no limite, quase pulando no vulcão. Que fazem voto de pobreza existencial, escassez de coragem, pequenez de vontade de viver. Nunca fiz isso, você vai entender. Meu lugar nesta vida não é de vítima. Nem meu corpo, nem minha mente, nem minha alma caem na lama e ficam no chão.

um.

Se agora posso sorrir tranquilo enquanto leio o jornalzinho matinal, posso sonhar com o trabalho e agradecer que ele aja em mim como passatempo e diversão, devo quase tudo à médium Noela, da fraternidade Amor com Compaixão. Devo a Noela colocar em minha frente fatos irreais e sempre me dizer que dificuldades são desafios, obstáculos são oportunidades, acontecimentos são legados evolutivos.

Devo dizer que, nos primeiros momentos, aquelas conjunções em nome de um homem melhor e mais puro prometiam anunciar um modelo de vida mais generoso e leve, mas o jovem que habitava em mim insistia em seus compromissos com verdades feridas e a inexperiência de uma vida delimitada por um mundo amplo apenas em alguns quilômetros e uma dúzia de acontecimentos ocasionais.

Se a vida é um ponto de evolução em relação a vidas vividas, começar do zero e aprender tudo outra vez ainda segue para mim como uma perda de tempo, pois todo o esforço de recorrência e aprendizado seria menos doloroso se logo mais cedo se soubesse em que pontos somos frágeis e em quais devemos de imediato resistir para evoluir.

Como é possível explicar os acontecimentos irreais, eu ainda não sei. Ao dizer irreais não quero comparar com situações ilusórias, erradas ou distantes da realidade.

Não vou enganar você: a todo instante vou querer te impressionar com minhas histórias. Não tenha pena de mim, porque vou tentar descer ao fundo do poço com minhas palavras. É a mim que vou enfrentar, se persistir com a história como memória. Vou fazer de tudo para mostrar os melhores momentos e encerrar com um caso otimista. Ou coisa assim.

Em parte, estarei me iludindo, eu sei, mas pouco resta para aqueles movidos por deixar a vida passar sem intervir com ações verdadeiras, a não ser contar uma história em que pareça se erguer da lama de dificuldades para uma vida, enfim, vivida. Sair das dificuldades para os desafios. Sair do lugar de vítima ou de vitimado para ser herói da própria história. Ser o sujeito vivido da própria história, não objeto dela. O discurso de dor e de adoecido, determinado por um lugar de energia e destino alheio a minha percepção de como vivo a vida vivida, não poderia fazer sentido. Cabia a mim, sempre, deixou claro a médium Noela, quem sabe inspirada por Hegel, escolher se viveria como objeto ou sujeito de minha história. Se viveria como herói histórico ou vítima. Não escolher sair da preguiça e da covardia, inspirada por Kant, e aceitar ser menor, aqui ainda Noela, é o mesmo que seguir objeto e não sujeito de minha história.

Havia um aprendizado mais adiante, bem depois. Aprender a me perdoar e deixar no lugar certo a vida vivida, o passado. Não carregar a falta de resposta, os desagrados e os quase como um lixo espiritual, verdades feridas, prontas a exalar seu mal cheiro e descortesia diante de acontecimentos inesperados. Me perdoar por ter vivido como vivi e agradecer por ter vivido como vivi. Parecem contraditórios, visto como poderiam ver Kant e Hegel, mas apender a perdoar e aprender a agradecer, perdoar e agradecer um mesmo ato, que grande sensação de cura e tratamento. Que grande sensação de liberdade e de evolução.

Até conhecer aquela senhora, eu estava compenetrado na leitura de um ensaio sobre o velho filósofo alemão Kant. Para alguém como eu, debruçado na ampla defesa da necessidade do Homem, sair de minha menoridade, abandonar mitos, e, através da razão, ultrapassar todas as tutelas quantas fossem as existentes, internas e externas, seria um passo superior ao das pernas. Altivo, conquistar a vida e chegar a um lugar de maioridade, uma grande conquista.

Para dizer como disse o sempre citado Freud, seria preciso a criança virar adulto. Onde ele disse isso? Agora é tarde, não sei. Em algum lugar disse. Se não disse, eu disse por ele, claro, para dizer por mim. Eu estava naquele impasse: me tornar adulto ou seguir citando Kant e Freud, naquele espaço apropriado ao modelo de dizer as coisas coisadas da vida.

Costumo dizer que comecei ler Kant aos catorze anos. E Freud aos dezessete. Alguma verdade há nisso. Comprei livros deles entre uma idade e outra, mas daí a ler e entrar de cabeça, saindo outro, compreendido ambos, não, não, isso não aconteceu, embora façam parte de minha paisagem pessoal. Uma paisagem que foi esgotada quando limpei as memórias. Isto é, quando compreendi que seria impossível seguir adiante em minha evolução se tivesse de me manter agarrado ao mastro do precário navio de ideias e vivências que até então possuía para poder ir e vir das terras desconhecidas do conhecimento ouvindo apenas, e sempre, e mais uma vez, as mesmas cantigas, dentro de um mundo demarcado por poucos quilômetros e meia dúzia de situações agradáveis.

Não nego as conclusões inacabadas. Acrescento barreiras filosóficas e históricas a tudo o que leio e vivo. Resoluções domésticas suspensas, sobrevivência material, dúvidas quanto ao futuro e outras ideias sobre a atualidade do pensamento metafísico.

Na vida real, acrescento ainda uma velha empregada de visão neblinada, herança de minha mãe, que, alheia aos apelos da alimentação como hábito rotineiro, nunca foi à cozinha, nem cuidava da rotina da casa. Vivia uma vida estabelecida pela precariedade dos móveis, a escassez de visitas, o vazio de ideias e uma convicção desmedida de que bastava dizer obrigado Deus, seja feita sua vontade e, pronto, esperar que tudo se estabelecesse harmoniosamente sem que fosse necessária nenhuma ação para alcançar o pedido.

Eu não era homem de muitas palavras, logo, se um dia decidisse fazer voto parcial de silêncio, tem tudo a ver. Tão certo, ainda, era minha vida, no terreno delicado do amor, relativizado por pretensões: eu nunca procurava as mulheres mais bonitas. Achava não ter chance ou não conseguir levar vantagem com elas. Era investimento perdido, sem retorno.

Ao contrário, consegui dormir com toda sorte de mulheres da classe média, empregadas domésticas, etc. Nunca isso diminuiu minha personalidade ou abalou meu ânimo, mas abriu um buraco fundo dentro de mim, chamado solidão.

Para as mais bonitas, peço desculpa, mas a regra era simples: alcançar as intimidades, o que me parecia mais fácil com as rejeitadas e as escanteadas. Acredito que eu deva ter feito algum voto de feiura em alguma outra vida, associado ao voto de pobreza. Se fiz, ele perdurou até aquela época.

Não é fácil explicar a situação aparentemente delicada. Se me permite, confesso: não estava bem no amor, embora também não estivesse mal. Por onde passava, sempre houve mulheres olhando para mim. Eu percebia, sim, percebia. Não ia com todas. Algumas, apenas: uma aqui, outra ali, mais ou menos, acima de um número que não importa como modelo de existência, nos últimos três anos daquela época.

Falo sem presunção, não é o caso. Falo para entender a razão desse estado de busca vivido como uma tábua de salvação e que dizia tanto de mim. Era necessário existir uma facilidade, uma possibilidade de ocupar a mente com a conquista, deixar para lá rotinas e compromissos, metas e interesses, coisas tão difíceis.

Eram tantas as mulheres, todas quase iguais, cada qual a exigir atenção única, jamais percebida ou colocada em prática por mim, que eu me esforçava para saber quem estava comigo. Mas os nomes se foram, perdidos no tempo. Cruzei na rua, nas festas, sinais, com uma ou outra. Quem se lembrava de mim, e talvez viesse se lembrar de meu nome, cumprimentava. Outras, simplesmente, ignoravam, fingiam não me ver, embora soubessem conhecer o rosto, o sorriso, a voz, o jeito, o sêmen.

Se isso é traço cultural ou pessoal, não sei. Se digo assim, digo porque alguém veio a mim e tentou me convencer de que eu estaria fazendo apenas uma ação comum aos outros homens do Recife. Das conversas com amigos, ouvia e às vezes debatia. Sabia haver uma ideia fixa masculina de manter todos os ex-casos em uma órbita atemporal contínua. Alimentar cada um com telefonemas, mensagens, propostas inoportunas. Testes para saber se as mulheres trairiam aqueles com quem estivessem se relacionando no momento. Declarações secretas e reservadas em festas, lugares públicos. As mulheres, eu achava, poços rasos de instabilidade emocional, acreditavam: algo assim significava retorno, resultado de uma sedução bem exercida. Nos tempos mais recentes, também as mulheres passaram a usar esta maneira de ser e mantêm os homens na base dos princípios e iniciativas iguais. O que desconcerta os homens.

Acontece que eu estava cansado da conversa sem fim sobre trapaças, casos extraconjugais, veadagem, jogos de futebol, histórias secretas de domínio popular sobre a vida de políticos mais próximos. Queria uma mulher para dividir a vida comigo – se posso me expressar assim, como um romântico. Escolher era a palavra. Encontrar era a palavra. Esperar era a palavra. Tanto tempo arrastando para a cama corpos sem nomes e sem muito dizer, natural não saber que mulher eu queria e quais qualidades gostaria de encontrar pela frente.

Arrisquei os conselhos de um amigo de infância. Eugênio Arredondo. Um cara cem por cento, não fosse o fato de parecer tratar a mulher a pão e água, mas com a promessa de haver romantismo. Achava saber dizer algo. Os anos de convivência em regime de tirania doméstica, pouco risco, muita disciplina, pouco afago, nenhum amor ou paixão, tinham comprometido sua sensibilidade. Sua ajuda era atrapalhada por um amontoado de frases sem sentido. Risíveis, para os homens. Desprezíveis, para as mulheres.

Primeiro de tudo, dizia Arredondo: não chore. Eu chorava e minha mulher achava isso fraqueza, mas eu chorava. Agora não choro mais. Aprendi a não chorar. Quando minha mulher chora, não peço para parar com a frescura. Isso redobraria o choro e levantaria sobre mim inúmeros detalhes e imperfeições de conduta. E sentimento. Por dentro, penso: frescura. Mulher fresca. Se chamar para uma brincadeira na cama, agorinha, vai sorrindo e toda urgente.

Segundo, seguia Arredondo: não dê muita atenção para qualquer mulher. Eu dava e minha mulher achava isso uma chance de pegar meu pé. Pedia espaço para ficar sozinha. Hoje, quando pede algo, só faço quando quero.

Não mude a voz para agradar nenhuma mulher, dizia Arredondo, em sua pregação para mim, um homem ainda garoto, solteiro e, naquele momento, sem mulher nenhuma por perto. Quando eu mudava de voz, dizia Arredondo, minha mulher dizia para eu não dramatizar. E eu todo carinho. Se isso acontecer, adiantava-se, fique em silêncio, não bata boca, e se esqueça de dar carinho. Mulher espera carinho quando deseja carinho. Nem antes, nem depois. Espera ela pedir, espera ela pedir. Em algum momento, vai pedir. Se não pedir, esquece, arranja uma que saiba como carinho é bom.

Não reclame das dificuldades da vida, isso Arredondo falava sempre, com os dois braços para cima. Mulher fica com medo. Homem ou mulher se assusta, mas a mulher vai mais além de simplesmente se assustar. Vai pensar: vou ter de inventar tripas, e o mundo dos sonhos em que vivo não viverá mais tempo. Como é sabido, o mundo dos sonhos raramente vem por acaso. Peça o mundo dos sonhos a Deus, agradeça e fale que seja feita a vontade dele, mas, se não agir, o mundo dos sonhos não chega. Então, fique quieto, calado, silencioso. Aprecie a cena. Deixe que se lamente da vida e não transmita otimismo: mulher acha homem pessimista um pé-no-saco, mas os otimistas são chamados de idiotas. Os indiferentes não fazem discurso.

Arredondo tinha um livro inteiro de regras. Mulher acredita ser o lado prático da relação, sempre, disse, em mais uma de suas constatações. É verdade, mas não do jeito perceptivo de entender a praticidade. Deixe continuar com o discurso. Não vai cansar nunca, mas também não vai sair nunca da mesmice. Você não perde nada calado e apoiando.

Não deixe sua mulher decidir sobre seu dinheiro, alertava. Mesmo que ela seja banqueira. Aliás, se esse for o caso, não deixe mesmo. Ela é capaz de fazer você pagar pelas coisas mais distantes da realidade, no momento mais difícil. Da mesma maneira, sem dó, sem compaixão, é capaz de dizer um impiedoso e taxativo não a você, para coisas indispensáveis no dia-a-dia, como comprar jornal. E é capaz de abandonar você no momento em que pareçam necessárias compreensão e camaradagem.

Mulher se queixa de homem ficar muito tempo sem estar com ela, outra das regras de Arredondo. Quando você começa a querer estar com ela, sua frequência torna tudo rotineiro e cansativo, falava sobre encontros e sexo. Mantenha uma distância aceitável. De um modo que não queira saber de seu dia, mas que se lembre dela algumas vezes.

Não queira igualdade, seguia, impiedoso. Pode haver convivência, interesses mútuos, diálogos, mas não pode haver igualdade para seres com aspirações universais tão distintas. É contrassenso, mas é. Seja entusiasta da diversidade. O mundo precisa de diversidade tanto ou mais que de tolerância.

Eu ouvia Arredondo com atenção e uma ponta de ironia. Pendia para certo exagero e insistência. Era verdade que mantinha a vida da mulher sob controle e limites. Não era um bom marido, mas tinha a sorte de ter uma mulher tolerante, amável e que o amava.

Nunca conseguiria seguir todas essas dicas e regras, disse Arredondo, ele mesmo rindo de suas palavras. Mas, acredite, Noam, eu acredito nestas máximas: mesmo não pondo tudo em prática, sei que seria o certo a fazer na vida.

Arrisquei levantar dúvidas do tipo você não acha radicalismo? Ou você não estaria levando em conta uma situação pessoal? Sem diálogo. Arredondo não conversava, fazia discursos. Eu teria de me virar sozinho. Ele não era homem de posses, mas vivia com comodidade e estabilidade. Era maduro, bom emprego, amizades leais e duradouras. Mais novo que Arredondo, eu gostava de seguir seu modelo de estabilidade financeira. Com o passar do tempo e mudanças em minha vida, outras atividades me levariam ainda a ter destaque em certos círculos sociais.

O fato é que passei meses na procura da mulher ideal, se pudesse dizer assim. Ela não vinha, eu não entendia o sentido e razão de sua demora e distância, e não sabia como seria.

Para todo meu desassossego, o lamentável era não sentir mais as mulheres olharem para mim com atenção, interesse e desejo de ver algo a mais acontecer. Talvez a roupa velha e amarrotada. Comprei roupas novas, troquei de lavanderia. Não precisava, mas perdi cinco quilos, caso estivesse engordando de um jeito imperceptível. Nada escapa aos olhos de Deus, nada nos homens escapa aos olhos das mulheres.

De qualquer forma, não resolveu. Procurei uma terapeuta e ela me aceitou para que eu falasse tudo que viesse como viesse de minha cabeça. Catarina Suberman. Fiquei bom tempo indo lá, falando sem parar, sobrando além do tempo de uma hora esgotável de quarenta minutos. Os médicos criaram horas de dez minutos, sem nenhuma explicação. Os terapeutas criaram horas de trinta a quarenta minutos. E houve quem criasse a hora que se consumia em qualquer ponto invocado por uma palavra capaz de estabelecer um novo movimento no discurso do atendido. Falar por quarenta minutos uma vez por semana teve seu movimento e importância. Isso foi bom, na verdade, porque pude suportar melhor a vida. Não precisava escolher o tipo ideal, me dizia a terapeuta. Havia um sem número de indicações mostrando não haver um tipo ideal. Não havia a mulher ideal, havia mulheres no mundo e cabia a mim ser expansivo, interessante e perceber de outro jeito. Cabia a mim encontrar alguém para descobrimos as coisas juntos. Coisas, coisas, era a palavra repetida, na imprecisão das ideias, fatos e nomes: aquelas coisas, essas coisas, sua coisinha, ficou coisado, coisificou.

Nenhuma mulher mexia comigo. Ou não vinha. Ou não estava onde eu estava. Ou tantas outras coisas.

Enterrei minha alma no trabalho, esperançoso de resultados mais otimistas. Estava atormentado com a ideia de o país estar mal, atolado na merda, e eu preocupado porque, na cidadezinha fedorenta, puída e descascada não aparecia sequer uma mulher que eu quisesse parar e olhar. Talvez eu tenha decidido não olhar qualquer uma e tenha desistido de olhar para todas, levando a coisa a sério.

As regrinhas de conflito mental anunciadas por meu amigo reverberavam em minha cabeça, sempre ao ouvir duas ou mais mulheres conversando. Acreditava nas pessoas, na capacidade de cada pessoa, homem ou mulher, de contribuir para vivermos em um mundo melhor. Passei a fugir das conversas com mulheres por medo de encontrar nelas tudo quanto meus amigos, em rodadas de futilidade, vaidade e irrealidade, diziam encontrar nas mulheres: futilidade, vaidade e irrealidade. Se desejava uma mulher, diziam eles, teria de saber disso ou não teria de saber de coisa nenhuma.

Futilidade, vaidade e irrealidade, e tantas coisas assim, vejo toda hora entre os homens. Se não falavam dos mesmíssimos fatos, falavam mesmices dos fatos, como falariam as mulheres, em outra dimensão e com outros fatos. Se eu desejava uma mulher, sem dar a ela uma aura, deveria me esquecer de tudo isso e não me comprometer, cego, com o discurso dos homens e achar que preocupação de mulher é futilidade, vaidade e irrealidade, quando as minhas não eram nem mais nem menos que isso, essa coisa toda.

Precisava largar toda essa besteirada e encontrar um amor. Os amigos riam. Alguém para estar comigo – ih, isso dá um bolero. Eu não queria mais estar sozinho. Estava na pior, mas nunca aceitei estar na pior. Nunca aceitei que a ideia de estar na pior pudesse se espalhar em mim e adoecer minha alma e minha maneira de viver.

Se antes havia todas aquelas mulheres a quem podia e acontecia de trocar os nomes, e não me lembrar da maioria, naquele momento, eu não tinha ninguém e levantava hipóteses instáveis sobre a convivência homem e mulher, quando tudo o que queria era uma convivência ampla. Sorrir e chorar. Amar e sorrir. Esperar e voltar a ficar de bem. Cozinhar juntos. Plantar plantinhas de flores nos cacos de barro para espalhar pela casa e em todo canto de quintal. Escolher estrelas no céu. Cantar e dançar. E fazer amor, planos, fazer viagens. Cantar e dançar, mais uma vez. Ver a meninada crescer, cada qual com sua personalidade, temperamento e flor que digam algo sobre seu ser. E simplesmente, em muitos sábados ou domingos, não fazer nada. Nada e nada aceitável como uma serena, prudente e virtuosa vida útil. Apenas ficar lendo e vendo filmes com a janela aberta para a luz do sol e ouvir sem concentração todos os sons que o mundo e a natureza queiram orquestrar e dar como harmonia e beleza.

dois.

Onde eu trabalhava, tinha de conviver com ideias, informações, transformar tudo quanto sabia em uma dúzia de palavras e frases de efeitos sensitivos. Precisava levar centenas de milhares de pessoas a acreditar que viam e desejavam algo urgente para incorporarem em sonhos e na vida. Não apenas conquistas existenciais, mas modo de ser. Mais que modo de ser, modo de crer. Modo de ser para crer. Modo de crer para ser.

Cruzei centenas de vezes na vida com dilemas sobre futilidade, vaidade e irrealidade. De existenciais a ideológicos. Eu era um sujeito dedicado a leituras sobre teoria da estética. Isso servia para mim na mesma satisfação e pedantismo que cultuar vinhos, charutos cubanos, manteigas da Bretanha, cachaças brasileiras, cozinhar com sal do mar celta ou com sal do Himalaia. Quando questões como essas chegam nas revistas masculinas ou femininas, elas impõem futilidade, vaidade e irrealidade. Fazem com que o ver se torne desejar algo urgente para incorporar aos sonhos e à vida, como conquista, modo de ser. Modo de crer. Modo de ser para crer. Modo de crer para ser.

Queira ou não, tenho de conviver com isso. Se fosse cardiologista, ou especialista em armas, ou biólogo, astrofísico, também aí essas dimensões fúteis de viver, agir, pensar, julgar, sentir e negociar estariam gravitando em meus sentidos, incorporadas, partes inerentes de meu jeito e de minha maneira de viver. Não há como ser diferente. Não há como negar a mim e a outras pessoas, impossível.

No entanto, essas questões eram pequenas. O sentimento essencial era entender por que as mulheres evitavam olhar para mim. Talvez porque eu fosse um sujeito mediano, nada de gênio. Vindo de onde vim, e estando onde estive, falavam de minha sorte por eu ser quem era. Eu não. Desde pequeno eu sentia o movimento da vida fervendo, incomodado, inquieto e produtivo. Ainda faltava disciplina, mas o caminho era certo. Faltava amor. Havia sangue. Faltava amor, nem havia sêmen.

Nesta rota, alguma dúvida pairava. Embora existissem crenças de vida que parecessem limitadoras, meus conflitos e angústias eram atenuados ou menos expressivos do que, por exemplo, os de alguns vizinhos. Se minha vida fosse uma peça dramática não haveria muito sangue. Posso dar a você todo sangue que necessite, mas se não houver amor, no fim, sua história não fará nenhum sentido, alguém disse. E disse porque sabia como se faz na vida para dar sentido para a vida.

Um dia, um amigo a quem todos, inclusive eu, atribuem telepatia, cruzou comigo no elevador, não se deteve nem para cumprimentar e foi logo falando: conheço alguém. Ela pode ajudar você no conhecimento do futuro. Contudo, você precisa saber do presente. O agora está turbulento. Passou o endereço e um bilhete. Um amor? Não. Antes disso. Antes de um amor, disse, você precisa saber de você. Tem algo aí dentro acontecendo. Dentro de mim? Um encosto, pensei, um espírito? Me deu o nome de uma mulher, uma médium, Noela, recebia mensagens de um homem preocupado em ajudar pessoas inquietas. Eu era uma pessoa inquieta.

Seria um ultraje encarar aquela senhora. Para quem anunciava ler Kant e Hegel, e Freud, como li, ou pensava que li, ou propagava a mim que li. Sujeito que acreditava e tinha esperança de ver homens e mulheres livres das cadeias e amarras espirituais e sociais, através da razão e das emoções construtivas. Sujeito do Século XX, entrando no Século XXI, morador do Recife, que tinha na descoberta da manifestação do inconsciente o quanto dizer e sentir de si, tudo era decisivo para romper cadeias, metros e medos. Uma vidente, não. Uma vidente seria uma volta para a menoridade, que sob muitos aspectos, persistia em mim. Uma vidente seria inaceitável.

Aparecer em um centro espírita, pegar uma ficha, esperar no meio de uma pequena multidão espiritualmente enferma, falar com uma médium, achar que poderia haver alguém encostado em mim. Uma mulher que espantava todas as outras... Isso poderia ser algo natural, ou exótico, ou consequência, ou confusão. Para mim seria dor. Se descoberto, colocaria minha imagem de racionalista e de mente superior por água abaixo. Para mim, essas coisas eram artimanhas dos pobres materiais e espirituais para justificar situações conturbadas de suas vidas, ou forma que alguns encontravam para ganhar dinheiro com a desgraça alheia. Mesmo assim, decidi passar por lá. Uma vidente seria uma volta para a menoridade, que sob muitos aspectos, persistia em mim. Uma vidente seria inaceitável. Mesmo assim, decidi passar por lá, pegar uma ficha, estar na multidão de enfermos espirituais, aceitar a confusão, as consequências.

Kant ou Hegel, Marx ou Freud, e outros tantos, nenhum conseguiu tirar de mim a crença em Deus. Eu era cético em relação ao desejo dos humanos de serem bons, amorosos e compassivos. Quem sabe Marx, e até Freud, em alguma situação, tenha experimentado uma médium. Se não foram amparados por mestres espirituais, foram amparados por mestres materiais. A cultura do dia a dia é mais forte. Alguma vez na vida eu disse não acreditar em nada da boca para fora, porque bem dentro de mim as palavras faziam uma trapalhada emocional e afetiva. Com isso, vinham medos sobre o começo, o fim, a vida e a morte. Deus, em resumo, queria encontrar um momento de paz em mim. Ou eu queria encontrar um momento de paz em mim para Deus.

Deus está fora de questionamentos. Não posso dizer que não exista. Levo a ele minhas horas difíceis e as boas. Com isso, sou sincero comigo e com todos os outros, com certeza, também, ligados em Deus. Queria ser um homem integral, razão e emoção. Embora, aos poucos, aprendesse outra coisa coisada e coisificada: somos mais desejos. O pensamento associativo livre aumenta a dúvida. Isso é bom quando nos leva conhecer outros hábitos, culturas, exercitar a convivência com outros discursos e defender discursos de pessoas diferentes, não por média ou proselitismo, mas por buscar a justiça do diálogo.

Meus amigos budistas não acreditam em Deus. Os amigos de outras religiões acreditam demais. Alguns se pegam exageradamente aos livros fundadores. Então, quando dizem o fim está próximo, está escrito, mais que me assusto ou me incomodo, me entristeço, porque aí está o sinal por onde vem todo o fanatismo que muito sangue tem derramado em nome desse ou daquele. Fica a pergunta quando é esse próximo, pois está escrito há dois mil anos, até mais, nos livros fundadores. Está próximo para quem morre, mas retorna. Está próximo para quem morre e vai sentar ao lado de Deus na eternidade. Está próximo para quem morre e vai encontrar as virgens no céu. Próximo para quem passará pela experiência de tratamento no purgatório. Para quem passará a eternidade no inferno. Próximo para quem tem certeza de que tudo termina aqui.

Por todo esse discurso, você deveria considerar que parte de meu dia era pura perda de oportunidades, enrolado em ganhar tempo com pensamentos sem nenhuma objetividade para ter uma vida útil. Talvez fosse isso o que espantava as mulheres.

Fui ao centro. Não me arrependi.

três.

O Centro Amor com Compaixão era uma casa pequena com quintal grande, cimentado, vazio. Uma casa toda caiada de branco, com janelas e portas azuis, um azul celeste desgastado, mas azul celeste. Tinha cheiro sem expressão, não sei dizer qual, porque sou péssimo em decifrar odores e aromas, mais ainda quando não há expressão, banais, porque pode haver cheiros indeterminados que reconhecemos por sua presença insistente e cotidiana.

Anunciei minha chegada, disse quem havia indicado. Entreguei o bilhete. Sentei e esperei. Quando chegou minha vez, fomos para uma sala pequena, apertada. Conversamos um pouco, a médium fez silêncio e mudou completamente de figura, jeito do rosto, voz, forma de sentar.

Na hora pensei: minha terapeuta vai achar essa aqui um prato cheio. Descrença total no ato. A médium fazia perguntas e dizia coisas precisas sobre minha infância, maneira de ser, como eu via o mundo, coisificações. Coisas coisadas, sangue, sangue, sangue. Sêmen, sêmen, sêmen. Nada de amor, por enquanto.

Meu filho é namorador, disse a médium, mas está preocupado porque não tem nenhumazinha olhando para ele, não é?

Puta-que-o-pariu. Quem é essa?, pensei. Ninguém acerta tanto assim sobre um desconhecido. O telepata, aquele safado, viu tudo, contou para ela e quer aprontar uma brincadeira comigo. A mulher tirava do poço de minha história nomes, datas, casos, problemas familiares. Coisas coisadas e coisificadas que eu nem mais recordava. Errava. Quando errava, ficava pensando: tudo chute. Mas não: errava e acertava.

Sem problema, meu filho. Olha. Presta atenção, disse. Você acha que alguém colocou uma entidade colada em você, uma mulher? Por isso não aparece mulher por perto? Se sente com cheiro de mulher o tempo inteiro e ela não desgruda?

Quem é?, eu quis saber. Ela não disse. Apenas me perguntou se eu pensava que havia essa entidade atrás de mim. Não disse: olha, presta atenção, meu nego, alguém colocou uma mulher atrás de você. Nada disso. Sim, era tudo fantasia minha. Não havia revelado para ninguém, mas estava pensando isso e ela arrancou de mim.

De sua imaginação, não do além, disse e achou graça. É parte de sua imaginação. Sempre começa pela imaginação, disse, sorrindo. Depois não ganha forma, porque não é matéria. Mas ocupa um lugar de energia. Pode ser uma de muitas que você botou na cama e não sabe dizer quem era, não sabe dizer de onde veio e quais são seus propósitos e princípios neste mundo. Pela maneira como você pressente e até vê, essa pessoa não gostou do que você fez, e você acha que ela foi procurar um lugar desses onde se faz trabalho espiritual contra pessoas, um lugar lastimável, e mandou uma mocinha, pobrezinha, tristonha, andar dia e noite junto de você. Quando digo mocinha, pode ser qualquer idade, entende? Qualquer idade, não quer dizer que seja mocinha na idade. Uma mocinha, porque não vejo figuras, nem formatos. Apenas pressinto e isso para mim é muito, e é tudo que posso. Você pensa que não existe nada disso na fantasia, pois é, existe. Também existe esse lado. Você pode limpar tudo isso, apagar toda essa memória sobrecarregada. Você pode começar daqui para frente seguir sem chamar essa entidade, como você pensa que seja o nome correto, para estar perto de você. Começa por você qualquer sentido ou mudança.

Mas isso não é possível, eu falei, consternado. Essa não vai embora?, falei sem prestar atenção na última parte em que insistia comigo para zerar os pensamentos negativos e perseguidores.

Vai, meu filho, disse. Vai embora, sim. Quando menos você esperar, vai embora. Mas também pode demorar. Você não passa tempo demais vivendo uma situação pertencente a seus sonhos? Tudo isso faz mais parte de seu sonho que da realidade. Mas como se acorda de um sonho em que você está confortável, mesmo se sentindo doído? Você pode limpar tudo isso, apagar toda essa memória sobrecarregada. Começa por você qualquer sentido ou mudança.

Um dia, então, ela vai embora?, perguntei, mais uma vez não entendendo a última colocação que a médium insistia em repetir a todo instante.

Sim, um dia ela vai, disse. Você tem de ter paciência. Se sentiria mais confortável se eu dissesse para espalhar uns confeitos no chão por onde anda, até ela se perder de você? Que quando sentisse que voltaram a olhar para você, nunca mais passasse por onde achar que a outra ficou, pois ela estaria por lá procurando você? Ou prefere saber que pode limpar tudo isso, apagar toda essa memória sobrecarregada? Começa por você qualquer sentido ou mudança.

Não morre?, falei entorpecido, insistindo na presença de uma alma penada colada em meu corpo.

Não, meu filho. Morrer não morre. Não é mais o caso de morte. De morrer. Não morre porque não está viva, riu de mim. É uma alminha pobrezinha, vivendo dentro de sua cabeça. Está penando no mundo e alguém mandou ficar perto de você, não é assim que acredita? Pobrezinha. Vai deixando então confeitinhos no chão, a tola se abaixa um dia para apanhar, se perde e, quem sabe, acaba encontrando outro, até chegar a destino melhor. E você, confiante de sua estratégia, vai se sentir livre. Começa por você qualquer sentido ou mudança.

Começa por mim, eu sei.

Qual seu nome, filho?, quis saber, embora estivesse na ficha que preenchi antes para passar por uma triagem. Deixei nome, endereço, meios de contato.

Meu nome é Noam, disse. Noam Soisa.

Diferente, não é? Que quer dizer Noam? Todo nome tem um sentido, outro nome que diz quase tudo sobre ele.

Sim, confirmei. Noam quer dizer simpatia, alegria.

Que beleza, filho. Que beleza, não é? Ter no nome esta oportunidade de simpatia e alegria. Comece dar sentido a isso dentro de você.

Tem mais algum Noam em sua família?

Sim, respondi. Antes. Um avô de meu avô chegou por aqui e ficou.

Olha isso: alegria e simpatia estão em sua família há tantas gerações, encerrou a conversa, sorrindo.

quatro.

Toda a conversa em torno do nome Noam não sossegou meu juízo. Saí desesperado. Tinha uma mulher colada em mim, era isso. Eu cheirava a mulher e isso explicava tudo. Ela não se desviava de mim. Para onde fosse, dia e noite, em casa, na rua, no banheiro, estaria a meu lado. Não apenas ao lado, junto, estava dentro de mim. Se naquele tempo eu tivesse os meios para chegar a tantas orações, diria essa: renuncio toda e qualquer fantasia de feiura, limitação, incapacidade de fazer o bem, olhar o belo, sentir que eu possa atrair pessoas boas. Seria, enfim, a limpeza da memória que a médium insistia.

Caminhei o dia todo com a sensação incômoda de alguém estar encostado em meu corpo. Não estava. A médium disse: não é matéria, é energia. Acrescento o fato de tentar adivinhar o odor até o máximo de minha capacidade imaginativa. Queria sentir o cheiro dela entranhado em mim, não percebido por mim, mas pelas mulheres. Lastimável seria se sentisse vontade de vomitar, subitamente, estimulado por um mau cheiro imaginativo meu, em torno de mim. Eu achava que o mau cheiro era sentido pelas mulheres, mas isso era uma percepção de minhas memórias arranhadas, disse Noela, pois era eu quem acreditava que isso acontecia.

As memórias arranhadas produziam o cheiro que me lembrava os anos de minha infância, quando todo sábado, seis da manhã em ponto, encostava a bicicleta próxima do mercado público do Cordeiro, esperava minha mãe ir fazendo as compras, enquanto colocava frutas, verduras, carnes, temperos e flores em uma caixa de madeira amarrada na parte de trás da bicicleta. Esperava e sentia cheiro de peixe, umidade e farinha. Nada agradável. Mau cheiro intragável, mas era o mercado o melhor lugar da feira: livre do barulho, dos ladrões e era bom para ficar olhando as mulheres passarem para lá e para cá, com sacolas, sandálias havaianas e vestidos surrados.

Durante minha vida, quando me encontrava metido em dificuldades que não via como desafios e oportunidades, aparecia aquele cheiro de peixe, umidade e farinha emergindo de dentro de mim para mim. Ele me levou a muitas sessões irresolvidas de terapia, algumas leituras angustiantes de temas descritos por Freud, Lacan, Roger, outros, e descompassos sem qualquer solução. Diante da história irreversível de haver uma entidade mulher colada em mim, me via sentindo outra vez o mau cheiro repugnante, o mesmo que na infância era repugnante e, depois, jovem, era angustiante.

Somente as mulheres percebiam o cheiro feminino desagradável e por isso se afastavam. Era assim que eu percebia a situação. Ele me jogava para baixo, um sinal da representação que tinha para mim, da minha dificuldade de sentir a boa impressão de ser livre ou consciente das cadeias e tutelas pelas quais a criança não se torna adulta. Aquele mau cheiro era como sangue. Posso dar todo sangue que precise para prender você em uma boa história. E aquele cheiro era todo o sangue. Era muito sangue, sem nenhum amor.

Somo ao fato o agravante de tentar me desdobrar sem sucesso para chamar a atenção das mulheres. Queria até evitar pensar se nos últimos flertes elas me olhavam com parcimônia, desdém, distância, repugnância ou zombaria. Tudo bem. Para um homem como eu, admito agora, era rotina ouvir desaforos ou desculpas desencontradas. Dois elogios, e elas se sentiam o máximo, três se sentiam sedutoras, quatro nem quero falar. Não sei o que acontecia com minhas tentativas de sedução, mas as melhores de todas as previsíveis estavam fugindo por motivo superior aos conhecimentos antes aceitáveis. Para prosseguir dormindo tranquilo, teria de acontecer algo que não mais acontecia, por causa do mau cheiro e do sentimento de haver alguém durante a noite me agarrando na cama. Talvez deva dizer: uma energia que arrodeava meu corpo e me empurrava para baixo.

Resolvi voltar na médium e saber do futuro, embora a vida diga para ficar concentrado no presente. A vida útil precisa de presente, pouco se importa com o passado ou o futuro. A vida útil faz limpeza de memória a todo instante para poder fazer a vida seguir em frente.

Para que se importar com o futuro, meu filho?, quis saber Noela. Vamos encerrar esse passado imenso que você tem, carregado de sangue e sêmen, e tão sem amor. Isso foi coisa bem feita, meu filho. Para ninguém botar defeito. Fruto de uma vida. Talvez mais de uma: três ou quatro. Talvez pense que iniciou há pouco tempo e, não, não, começou antes dessa sua consciência de agora. Coisa bem feita. Não alcanço, não. Sou um ser bem limitado para chegar tão longe. Você constrói esse empecilho tem um tempo. Começa por você qualquer sentido ou mudança.

Quero sair disso, pedi. Esse cheiro é repugnante, angustiante. Me coloca no chão, me aperta para baixo, comprime. Quero ver, sentir essa entidade. Quero tocar. Quero perguntar por que me escolheu para tornar a vida assim demolida.

Ver não pode, disse. Quer dizer, acho que não consegue. O cheiro faz parte de você. A mulher, mocinha, entidade, como queira, está usando você no meio da noite. Anda cansado, anda?

Ando, ando, ando, sim, disse para a médium. Fodido, me desculpe a expressão, veio sem pensar. Sem mulher, sentindo um mau cheiro repugnante dentro de mim e ainda por cima com uma mulher do além colada em mim. E ouvindo ainda que esse além é invenção minha. Agora, que esse além não é dessa vida, mas de outra, mais atrás.

É, disse a médium. Continua jogando os confeitinhos, então. Um dia tudo muda. Mas se quiser, pode limpar tudo isso, apagar toda essa memória sobrecarregada. Começa por você qualquer sentido ou mudança.

Uma possibilidade era teimar e não acreditar na história. Eu era um iluminista crítico da modernidade, crítico atento ao mundo onde estava, aos iluministas, e havia Freud, razão, razão mais emoção, desejo, desejo. Tudo me devorava. Eu estava perdido. Lamentava meus anos de recusa a ler os românticos, sem conseguir olhar e encontrar no mundo o bom selvagem. Não adiantava. O ceticismo petrificou minha natureza, neutralizando o centro nervoso. Queria acreditar na história da garota-mulher pobre cheirando mal e na bestificação classicista e excludente que afastava todas as mulheres de mim. Se tudo isso fosse invenção, ainda mais alimentando minha cabeça conturbada, então, estava certo, eu é que precisava me libertar do preconceito escondido dentro de mim, um sentimento assustador, com imagens ridículas para quem sofria do desinteresse completo das mulheres.

cinco.

Os companheiros de futebol eram impontuais. Eu, não: chegava antes. Pedia uma cerveja gelada para lavar a alma, ia ao vestiário, fazia xixi uma ou duas vezes, trocava de roupa e entrava no campo para fazer aquecimento. Era psicoticamente kantiano com horários e rotinas: mesmo horário, mesmas coisas, cumprimentos, palavras, modo de entrar nos lugares. Se se aproximava da hora e ninguém aparecia, começava delirar, arranjar intrigas de abandono e descaso. Bem depois chegava a rapaziada, em bando, pardais agitados e belicosos, fazendo barulho. Fazia os exercícios e, depois do jogo, me alegrava conversar, escutar sobre a vida alheia, do governo. Lamentar o Brasil, zombar de um ou outro defensor de causas nobres, aquelas desinteressantes para todos. Era agradável, saía tranquilo, seguia para casa relaxado. Quando estava no dia da berlinda, ou seja, nada falado agradaria ou entraria em contato com alguém, ou nada dito encontraria apoio nos demais, ficava sozinho. Cada um tinha seu dia.

O segredo dos encontros era não falar pouco ou muito. Menos, as pessoas ficavam perguntando se estava doente, triste, derrubado e cada um se via obrigado a contar alguma história indevida ou divertida. Verdadeira, meio verdadeira, ou falsa, para distrair as atenções. Se falasse demais, as pessoas começavam a pedir para falar mais baixo, pediam a vez e tiravam de quem fosse, o entusiasmo de querer o centro das atenções. Quem falasse demais, muitas vezes perdia a razão, o respeito, seria chamado de ridículo e de exibido.

Eu saía antes porque não queria ver meus amigos começarem sentir em mim cheiro de mulher. E se também pudessem senti-lo? Poderiam pensar que era uma coisa boa, ou poderiam perguntar também se não era eu pouco homem. Não queria fazer apologia da masculinidade, mas, por favor, me permitissem querer ser homem. Como isso era possível? Que seria um cheiro de mulher? Um perfume doce? Um perfume aberrante? Seria uma interpretação e não faria sentido, seria movida por nada. Era um cheio imaginado. Parecia com vinagre. Cheiro de mulher tem vinagre?

Às vezes, na dúvida se a garota estava colada e não saía de perto, sem desgrudar, ao redor de meu ser, eu dava várias voltas na pista de corrida, muitas além de minhas possibilidades, para deixar a garota colocando os pulmões fora da alma e eu conseguir escapar. Quando ficava exausto, saía correndo, não esperava pelo banho, entrava no carro, quem sabe a desencontrada ficasse por lá, jogada na pista, arrasada.

Passavam mulheres, eu parava, olhava, e elas me ignoravam. Me sentia o perdido, o impossível. Ou não existia garota nenhuma, e eu estava atormentado por uma situação irreal, paranoica. Ou, então, existia, ficara parada, esperando, sem correr, vendo eu me acabar na pista.

Por via das dúvidas, dava também chutes para todos os lados, talvez algum ou a cena ridícula assustasse a criatura e eu conseguisse fugir em alta velocidade. Uma vez fiz assim: desci do carro na garagem de onde morava, vi umas meninotas encostadas em um dos carros estacionados. Até arriscaram uma olhadela, mas, inexplicavelmente, desviaram, como se houvesse alguém grudado em mim, ao meu redor, e fosse assustador continuar olhando. Comecei chutar de novo para todos os lados e foi pior: as gurias ficaram assustadas, se afastaram e me observaram da porta do elevador. Quando me dirigi ao elevador, fecharam a porta correndo e subiram, temerosas.

seis.

Estava em casa, queria esquecer tudo aquilo, dormir e me lembrar de um sonho que tive com minha terapeuta. Pretendia inventar uma história, colocar minha terapeuta sob meu domínio. Arrumava os fatos e os misturava em minha fantasia: histórias de outras terapias, sonhos, desejos, em silêncio e sozinho.

Desde algum tempo, vinha querendo flertar com ela. Antes de escolher, eu a via por aí, nos bares, nas festas. Tinha medo de confessar e não ouvir uma resposta objetiva, deixando em mim a sensação, por dentro, de ela acionar os mecanismos de indiferença, dizendo isso não é comigo, rapaz, isso não é comigo. Eu esperava um disparo límpido, tão claro como arrebatador, capaz de fazer com que ela se livrasse das técnicas e, excitada, dissesse: hum, isso é comigo. Isso sim é comigo. Agora, acertou. Parabéns. Agora, sim, enfim, acertou, meu rapaz, mas que jeito, hein? Isso é bem comigo. Sêmen e amor.

Em momentos assim, eu esquecia que um cheiro qualquer mantinha as mulheres a certa e completa distância de mim.

Durante algumas sessões, usei parábolas para mostrar como eu era uma pessoa boa, interessante e cativante. Os pregadores, como Jesus, usavam parábolas e levavam multidões a boas causas. Ele não dizia: venha comigo. Dizia: quem tem olho, olhe, e quem tem ouvido, ouça. Se ele errou, errou ao escolher a porta de entrada em Jerusalém. Deveria ter entrado triunfante, em sua simplicidade, pela frente e não escolher uma porta lateral. Mas parábolas funcionavam com os outros. Comigo, minha terapeuta era indiferente. Nunca, nada, era com ela. Com aquelas parábolas, eu parecia uma criança hesitando crescer.

Os problemas íntimos seguiam correnteza abaixo. Com parábolas e relutância, eu seguia um método de abordagem e de pretensão para a conquista. Uma visão não muito modesta, óbvio, e um exercício de macho, naturalmente, me faziam imaginar que ela, desde certo tempo, não estava tão indiferente assim, embora sua sensibilidade em contornar a situação fosse fantástica. Situação em que nunca foi dito quero fazer amor com você. Porque não era com ela, dirão as teorias e a verdade. Para meu governo, a verdade era que sempre ela me olhava apenas para dizer isso, que não era com ela, e que era por minha conta e risco. Deixo você derramar seu sangue, mas não vou dar amor. Nem vou chegar perto de seu sêmen. Ela, em silêncio, parecia dizer: começa por você qualquer sentido ou mudança. Você derrama seu sangue, mas não vou dar amor.

Sempre evitei usar a palavra comer como sinônimo perfeito para expressões como fazer sexo ou fazer amor. Aceitava a palavra transa, vaga e assexuada, e parecia me por no mundo das coisas moderninhas, coisadas, liberadas.

Tudo bem, transar pode ser menor que dizer fazer amor, mas não deve ser posto quando há oportunidade de dizer quero comer você. A frase é instintiva: sexo, pujança, atração.

Transar. Transar, não é nada. Diga a uma mulher, no meio de uma cena de amor, que você adora quando a come, assim ou assado, ou ouça um pedido de súplica e paixão, um pedido para seguir comendo mais e mais, e aí você vai perceber: a palavra transa não é nada, exceto nada. Aliás, ninguém mais fode, pega. Transar teve seus melhores momentos quando as mulheres se descobriram ativas no mundo e os homens viram as mulheres como seres humanos atuantes e imaginativos.

Ora bolas, isso nada tem a ver com uma boa trepada homem e mulher, suor, gemido e gozo. Por isso, eu não queria transar com minha terapeuta: queria comer, isto é, ir à intimidade dos instintos, tudo ou nada. Sêmen, sêmen, sêmen, mas com amor. Mesmo aí, eu sentia o menino me lembrando de uma musiquinha na televisão: comer, comer. Comer, comer. É o melhor para poder crescer.

Durante algum tempo, tive a impressão de sentir uma hesitação dela na hora de atender. Provava um incômodo comigo. Quando um homem incomoda uma mulher, ele tem três opções: a) agarra com palavras amorosas e gentis e vê até onde vai dar, b) esquece em silêncio, sem anunciar a retirada, e parte para outra, ou c) fica onde está, espera. Deve haver uma quarta, uma quinta opção.

Na antessala em que eu esperava preocupado, vinha a sensação de sentir a terapeuta atrás da porta, escondida, rezando: ai, meu Deus, ai, meu Freud, ai, Lacan do céu, e agora? É o homem-criança hesitando ser adulto, é o dia dele. Tão grande. Tão sério. Tão criança sem querer ser adulto. Tão tanta coisa. Vai me dobrar, estou perdida. Mas nada do que diz é comigo. Não, não, não. É por conta e risco de qualquer coisa que queira fazer com sua vida. Pode derramar quanto sangue quiser, mas não darei amor. Nem chegarei perto de seu sêmen. Pode derramar seu sangue, mas não vou dar amor.

Eu sonhava como quem quisesse controlar a terapia, embora sentisse faltar dizer mais coisas. Comer a terapeuta significaria: se a terapia continuasse, eu teria pleno domínio das sessões, exigiria respostas para tudo aquilo sem nome e doloroso de dizer sobre mim. Esperaria dela palavras gentis, amor para tanto sangue. Não minhas palavras, velhas conhecidas, ásperas e impacientes, desdenhando cada opinião e gesto como se fossem o cúmulo da imperfeição, o fracasso exemplificado, a criança hesitando ser adulta.

Conquistar minha terapeuta possibilitaria a sensação exata do imobilismo em que ela teria de entrar. Eu saboreava aquela imagem: minha terapeuta com medo de enfrentar um ser tão previsível, marcado por desistências, perseguido por fantasmas e atordoado com uma entidade ao redor, arrodeando sua vida. Um doador de sangue e sêmen. Uma enorme lacuna amorosa, vinda de pai e de mãe. Mas era eu, na verdade, quem tinha medo de enfrentar aquela mulher em toda sua autoridade, silêncio e olhos atenciosos. Em toda possibilidade de dar amor. Medo multiplicado pelo fato de não ver avanços nas sessões, não conseguir chegar a lugar algum e estar certo de haver chão para correr em minha frente. Eu buscava um avanço, queria um lugar. Resposta simples: queria a interferência daquela que me analisava, seduzida por minhas virtudes de homem bonzinho, tudo bem, criança hesitando crescer, apenas sangue e sêmen, sem amor. Seduzida e pronta a se entregar para mim, a aceitar coisas coisadas e coisificadas como aquelas, enfim, dignas de aceitação e amor. Enfim, a cura.

A frase completa, a aceitação, o hum, isso sim é comigo, poderia representar a mudança adiada em nosso trabalho terapêutico. Porque eu nunca disse que queria fazer amor com ela. Nem consegui improvisar frases do tipo vamos ter um lance, nós dois. Nada. E não apenas por desconforto: eu esperava vir dela o desejo sem palavras, poupando o reticente passante do embaraço de cortejar uma mulher que não queria ser cortejada. Uma que via todo meu sangue se derramar, sem dar amor. Uma que nem queria se aproximar de meu sêmen, porque poderia dar amor.

Sem palavras, ficava mais fácil associar sua imagem a comer, não a transar. Por duas vezes tive contato telefônico com o marido dela. Não me sentia traído, nem relegado. Foi ele quem, na primeira vez, a pedido dela, telefonou desmarcando minha consulta. Estava doente. Devia estar, embora eu não tenha perdido a oportunidade de pensar que ela improvisou aquele dia, adiando minha consulta, porque havia um motivo: na sessão anterior, fiz várias declarações parabólicas do tipo quem quiser veja com os olhos, ouça com os ouvidos, toque com as mãos. Quando julguei ter alcançado vários pontos, ela disse: seu tempo acabou. Ou seja, nada disso é para mim e nem é comigo, vai viver sua vida e dar conta dos sins e nãos que a cada instante aparecem. Calada, ocultou o até a próxima de praxe. Ao fim de cada sessão, era: está bom por hoje, até a próxima, leva todo esse sangue daqui com o sêmen implícito e o amor não visível.

Por que ocultara o até a próxima ocupou meu dia. Se sentira tocada, por dentro, dizendo sim, sim, isso sim é comigo? Quero fazer amor com você, aqui, agora, já. Reaja? Eis por que minha tristeza: isso eu nunca ousei dizer com palavras tão límpidas, simples, simplíssimas. Medo de ser rejeitado, colocado para fora, enquanto persistia a dúvida se buscava algo sério ou algo desconhecido.

Em um sonho em que veio a palavra comer, junto da música do comercial na televisão, neguei a história, não fui direto ao assunto, não disse as palavras como se apresentaram para mim. Inventei outra frase. Longe, bem longe, correndo atrás da reflexão de todo o tempo ali presente. Cada dia, eu e ela, eu e minhas histórias brotando. Cada vez mais doidivanas, coisas coisadas e coisificadas. A imagem dela, cada vez mais frequente, como se quisesse me dizer algo e as ideias não formassem nenhuma imagem suportável.

Quero continuar com você, fui ambíguo ao falar, porque ela não poderia dizer isso não é comigo ao ouvir um quero ficar com você. Dentro de mim ressoava: sempre, sempre, sempre. Sempre, sempre, sempre. Sim, escondi e ocultei o sempre e não perdi a esperança dela preferir a objetividade, dizendo para minhas indiretas: sim, é comigo, é, é, é.

Mas isso não aconteceu.

sete.

Quando a vida apresenta estranhas sensações, sensações sem respostas, quando não consigo dormir tranquilo, não fujo de mim. Me recolho e pareço exilado, não muito tempo: apenas o suficiente para entender a dimensão da dor. A dor vem, a dor passa. Deixo que ocupe um tamanho suficiente para que eu entenda seu aparecimento. Depois, afirmo: eu estou curado. Digo doze vezes. E basta.

Antes, exigia tudo de mim, era preto, preto, branco, branco. Ninguém morre por se exigir perfeito ao extremo, mas, na verdade, não conheço ninguém, incluo a mim, feliz vivendo assim. Feliz no sentido de estar tranquilo, sabendo ver as coisas como passos a serem concluídos. O dia de hoje acaba hoje. Amanhã tem mais dia, e depois, e depois. Cada dia é apenas agora. Se não fizer uma limpeza matinal na mente, cada dia começa carregado de ontem. Se não for suficientemente concentrado para seguir o dia, cada ato será apenas vivido para o amanhã. Ou aterrorizado com feridas supostas de ontem.

Meu amigo de infância, Luís, companheiro de andar de bicicleta, vinha todo dia tomar café da manhã comigo. Acordávamos cedo, corríamos. Ducha, suco de frutas, pão dormido, leite quente e queijo assado. Depois, íamos para o trabalho. Não sem antes conversar sobre a vida. Comentar sobre o futebol, as notícias do mundo, do Brasil, o disse-me-disse literário, descobertas científicas e os projetos de vida hoje. Fui para ele aquilo que foi para mim: pólvora para explodir ideias durante a jornada. Infelizmente, viajou, deixou de dar notícias. Poderia virar personagem, ficção, mas é equivocado pensar nas pessoas como peças fáceis de reposição. Cada uma é cada uma. Quem compara, perde. Ele, racionalista esclarecido, iria achar engraçado me ver metido com entidades espirituais, mulher fantasmática que me faz companhia nas ruas, em todo canto. E a história prodigiosa, ele acharia cômica, sair jogando caramelos pelas esquinas, especialmente aquelas onde houvesse multidão, para a garota se perder de mim.

Isso me faz pensar se fui também um racionalista esclarecido, não acreditando em mitos, magias, truques e dietas psicológicas. A quem possa estar atento a este clamor, aceite o pedido de desculpas pelo mau jeito de dizer racionalista esclarecido e não ter a mínima vontade de explicar que venha ser isso, tanto agora como antes, ainda mais que esta expressão perdeu a razão de ser, se não caiu no esquecimento.

Eu não deixava de indagar, justamente por ser esclarecido, se não caberia certa dose de clemência quanto tudo aquilo impossível de explicar ou de encontrar no saber dos homens. Se não percebemos e não podemos decifrar no saber dos homens, através dos instrumentos dos homens, classificamos como obscuro. Acaso, agindo inclemente, eu me libertaria das tutelas internas e externas da razão, como queria Kant? Não seria possível questionar a crença impiedosa de que ser razão é ser realidade, vindo daí a verdade? Acaso a razão, em si e para si, não é um pêndulo inseguro, oscilando entre a realidade dos homens e o possível, fruto das coisificações imaginadas? Se a razão não promove a dúvida, o espanto, a paixão irrestrita por um problema/desafio ou ideia, seria impossível pensar em maioridade, impossível a criança chegar e se tornar adulto.

Questões engraçadas. Você vai ter de tomar essas palavras como oportunidades e cuidar delas, buscando compreensão. Não conseguiria levar nenhuma delas, hoje em dia, a plateias de qualquer orientação, tamanho ou fase. Primeiro a orientação dos diretores de cena é para não levarmos perguntas, pois elas indicariam uma fragilidade do palestrante. Também os artigos científicos não podem trazer perguntas, pois indicariam fragilidade dos autores. É um mundo repleto de informações que não se comunicam uma e outra, apenas pelo espetáculo a todo instante de dar sangue, muito sangue, e sêmen, sem nenhum amor, compaixão e bondade.

Sangue para alimentar os votos ancestrais de violência e agressividade, sem nenhum limite, sem amor. Quando pensa que dá amor, não é amor, é sêmen. Lia em Hegel que a História é construída através de guerras. Sangue. E acrescentaria, laços familiares e casamentos, sêmen.

Eis o homem. Não o homem maduro. Tampouco a criança resistindo crescer. Mas aquela ideia peterpânica, quando o adulto nunca será adulto, porque a criança interna não cresce.

E, assim, continua criança, segue criança, volta a ser criança. Quantas vezes forem necessárias para criar um bloqueio, impedindo de usar sua história para continuar, crescer, se tornar adulta.

Eu tinha diante de mim a história de estar a todo instante acompanhado por uma pobre garota, não uma mulher, mulher, pois era espírito vagando, mandada por alguém conhecido. Alguém de minha fantasia, pois não tinha nome, nem sabia dizer como era. Não sabia quem era. Nem se era desta vida ou de uma outra vida vivida. Talvez de outra vida, em outro tempo fora do alcance de compreensão. Espírito exalando cheiro feminino sobre mim, fosse ele bom ou ruim, e fazendo todas as mulheres do mundo se afastarem, porque homem com cheiro de mulher é comprometido e mulher não sente pelo olfato, sente pelo sexto sentido, tão falado, com tanto orgulho reverenciado por todas as mulheres. E ignorado por todos os homens, exceto aqueles que conseguem ir ao lugar feminino com tranquilidade e sem dor.

Não havia racionalista preparado para me ajudar e eu não acreditava nos espiritualistas. Não havia meio termo. Colhi depoimentos, impressões, interpretações e me cerquei de dicas. Fiz escolhas, selecionei agulhas no palheiro. Se ao menos meu amigo Luís estivesse por perto para derrubar a história e pedir para parar de acreditar em invenções, tomando para si a resolução do problema. Se se colocasse disposto a encontrar uma solução. Encontrasse uma solução. Voltasse a ironizar, dizendo que a invenção não passava de ilusão. A ilusão da perseguição demolidora. A perseguição demolidora de um lance de lembrança fisgado de algum momentinho na infância. Um lance de sangue sem amor. É mais fácil se assustar, temer e não ter respostas para as coisas do mundo quando se é criança. As respostas vêm mais de dentro que do mundo e das pessoas, quando se é criança. As informações e as verdades não vêm do mundo, vêm de dentro, quando se é criança.

No mínimo, Luís me confortaria, citando alguma frase de Guimarães Rosa, com sotaque mineiro – a felicidade num se dá nem no fim nem no começo: a felicidade se dá na travessia. Guimarães Rosa. Das mais óbvias. Das mais citadas, porque nunca lidas, arrancadas em algum lugar incerto de uma obra citada e quase nunca lida. Como outros. Como Joyce. Das mais equivocadas, porque a felicidade não se dá na travessia, se dá no começo, como impulso de vida. Na travessia, pode haver sangue e sêmen sem amor, sangue com amor ou sêmen com amor. Não há um fim, nem um perpétuo. Seria mais simples inventar: a felicidade é a infelicidade sem o in. A felicidade não é verdade, é uma passagem, miragem na vida. Talvez isso seja meu, mas é inseguro dizer. Inseguro, porque naquela época eu estava comprometido com algum voto de negação da felicidade. Ela não vinha no começo, nem no fim, nem na travessia. A felicidade era a coisa mais linda do mundo, depois de um picolé de chocolate ao leite com avelã.

Das coisas coisadas e coisificadas, sei as mais comuns e revoltantes, aquelas que agem e afetam mais e mais, travando qualquer solução para o caso. Havia a indignação de saber que alguém no mundo não hesitaria em criar algum expediente para dar castigo a outra pessoa. No caso, a mim. Afirmava a médium que meu castigo seria permanente se não seguisse as ordens. Ou persistente.

Bem, na verdade ela nunca disse isso, assim. Ela trabalhava através de perguntas. Fabriquei essa percepção por acreditar que também a médium dizia isso não é comigo, isso é todo seu. É sangue seu, é sêmen seu, é falta sua de amor. Você que dá sangue. Por que também não dá amor?

Se uma pessoa, vamos pensar assim – levei a questão para a médium –, não entende nada de espíritos, e se ela receber um...

Uma, corrigiu a médium de forma delicada.

Um encosto, digamos, ajustei a questão. Como poderia saber se algo, alguma coisa, alguém, está colocando minha vida para trás? É possível descobrir no mundo das pessoas e das coisas?

Não vai saber, disse a médium. Não vai saber. Para que saber disso? Toda manhã limpe a mente, deixe todo o passado encerrar. Deixe o passado ficar no passado. Abra-se para o novo, para o inesperado. Acredite em mistérios, em misericórdias e milagres.

Morre se não conseguir saber?, mais uma vez me esquivei da ideia de limpeza matinal e noturna da mente e de tudo mais que veio depois.

Morre, disse, se é para morrer. Vive com isso, acrescentou com uma longa pausa, se é para viver.

E se for de fora, perguntei, estrangeiro, por exemplo, e não sabe falar nossa língua? Se foi em uma vida longe, tipo China? Não compreendo chinês.

Morre do igualzinho, disse. Ou vive tal e qual.

Ai, meu Deus, que aflição, lamentei, mas com voz mansa. E se todas as pessoas com quem cruzei pelo mundo, infelizes e assustadas, forem vítimas de castigos, desconhecerem e receberem o imperativo da dor sem saber? Se todos forem, e a maioria é, objetos da história, vítimas de suas verdades feridas, de suas memórias arranhadas? Se forem pessoas que nunca foram para o lugar de heróis de suas vidas?

Não é castigo, disse a médium. É dívida com vida passada. Por isso não existe uma missão marcada. Com cada pessoa com quem cruza na vida você estabelece uma missão. Ou apenas com você, se não pode estabelecer com cada uma. Também você pode decidir que sua missão com certas pessoas é se manter longe delas.

Vivida e passada?, quis saber. Uma vida antes desta vida?, insisti, embora a médium, em outro momento, tivesse dito que poderia ser uma dívida de uma vida anterior, mais remota, mas que ela não estava em condições de dizer muita coisa.

Vivida e passada, sim, disse a médium. Pessoas que foram insensíveis, machucaram outras pessoas, semearam discórdia e, por sorte e fortuna, vivem bem nesta vida, podem até seguir vivendo bem, porque a vida material se esgota e pode recomeçar melhor, igual ou pior. A vida espiritual não se esgota: atravessa uma dimensão desconhecida. Pelo menos é desconhecida para mim. Pessoas insensíveis e semeadoras de discórdia também podem viver em abundância material e espiritual. Existem diversos caminhos. Não posso ser clara e precisa sobre quais são, disse, com o mesmo tom de voz seguro e calmo.

O probleminha, então, pode ser dívida de minha vida passada?, mais uma vez insistindo em algo esclarecido.

Não, disse a médium. Seu problema é aqui, nesta vida, porque você diz que a mocinha existe, tem cheiro e você se angustia com isso. O que foi da vida passada, ficou lá, onde quer que tenha sido. Sua vida de hoje, a que tem, esta é a vida que precisa viver, pois é nela que as coisas estarão acontecendo. Um débito passado não vem com a mesma significância ou contundência. Apenas vem. Fica ao redor, arrodeando sua existência.

No tempo de Abraão, o homem colocava a mão direita nos testículos quando jurava dizer a verdade. Se fosse o caso, colocaria as duas mãos para dar testemunho: não sei, francamente, quem pode ser. Nem se quero acreditar.

Talvez você pense que foi alguém que não conseguiu estabelecer uma missão com você, disse.

Quem?

Só você sabe, meu filho, disse isso e ficou em silêncio, olhando para mim.

Não sei, respondi, depois de uns minutos calado.

Não sei era definitivo. Poderia escolher nomes em mil, catalogar por assunto, profissão, cor, religião, bairro. Para ser mais grotesco, estilo de roupa íntima. Um nome. Um nome, impossível. Se mil vezes pedir perdão resolvesse, mil vezes perdão pediria, a cada uma, não porque passei a cheirar a homem comprometido, e não sabia qual fez isso de deixar um espírito fragilizado encostado a mim. Faria por uma compreensão do mundo e das coisas a construir.

Eu precisava de alguém, de uma mulher. Para pensar, amar, me emocionar. Para viver, fazer coisas comigo para meu mundo, para o mundo dela, continuar rodando, rodando melhor. Não queria uma mulher preocupada com a organização das próximas duzentas assembleias da categoria funcional, nem o dia todo perdida, dedicada a abstrair alguns números, cifras, juros. Sinceramente, não pedia alguém dentro de casa esperando por mim, por minhas notícias e ambições. Não desejava uma mulher fazendo reuniões políticas, vinte e quatro horas dedicada na missão honrosa e fugidia de salvar o mundo, enquanto parecia perdida em si, comprometendo a atenção de outros. A esperança era saber se eu poderia optar por uma saída, jogar os caramelos nas esquinas, me livrar da mulher-espírito, procurar minha felicidade.

oito.

Chico era meu amigo desde o jardim da infância. Vinte e tantos anos, naquele momento. Nos encontrávamos praticamente todos os dias. Até hoje. Apesar da proximidade, tivemos educação doméstica diferente. Seus pais eram indiferentes para qualquer religião. Chico não foi batizado, não fez primeira comunhão. Em sua casa, não havia Bíblia, Torá, Alcorão, nada disso. Nunca se aprofundava em temas como vida, morte. Evitava falar de Deus. Achava o tema abstrato e sujeito a incompreensões e interpretações diferentes, inócuas e pérfidas, no sentido de promover a discórdia, o ódio e a intolerância, sem haver nada de aceitável que pudesse justificar tanta energia para promover a extinção da espécie de um jeito fundamentado e coerente. Resumia toda sua angústia e pavor na frase morreu, fodeu, acabou. Até hoje.

Soube que havia participado de uma sessão espírita, introduzido por uma namorada, e havia descoberto que as pessoas botavam olhado nele. Em lugar de um tratamento espiritual, foi à benzedeira, depois ao xangô de uma senhora de nome Amália, andou pagando promessa na festa de dezembro do Morro da Conceição, e não parou nunca mais. Segue cético e adepto de tudo. Até hoje.

Chico se tornou a personagem daquela máxima de que, quando uma pessoa não acredita em nada, acredita em tudo. Mas ele, que foi a tudo, não acreditava em nada. Apesar de ir a tudo, ia para comprovar que nada mudaria sua vida, nem descobriria qualquer coisa que interferisse no destino. A benzedeira pegava três folhas de pião roxo e rezava, balbuciando o pai nosso e a ave maria. Batia em um ombro, no outro, sob a cabeça dele, no peito, nas costas. Chico achava engraçado. E se sentia melhor. Sim, melhor, porque precisava de uma varredura espiritual. Adorava varreduras e limpezas espirituais. Foi a um centro de umbanda e conheceu um pai de santo que incorporava um índio Caetés. Ele fazia limpeza espiritual com incensos fortes e fedorentos. Não gostava de oferendas. Dizia: isso era do tempo quando havia negros escondidos nas matas, passando fome. As oferendas eram para eles, os santos e valentes que fugiam dos açoites, humilhações, fugiam do trabalho sem fim, até a morte.

Uma vez Chico me disse que a parte que mais gostava nas rezas da benzedeira era aquela com que encerrava as pancadinhas com as folhas de pião roxo em seu corpo. Ela saltava a voz e de modo audível dizia: Seja feita sua vontade. Estava dito. Seja feita sua vontade. Poderia ser a vontade de Deus, como no Pai Nosso. E era. Para ela era isso mesmo: Deus, seja feita sua vontade. Mas Chico dizia: estava dito, seja feita sua vontade. E seja lá que houvesse tocado em mim como mal-estar, minha vontade era de dizer tchau, minha vontade é que fique longe de mim. Seja feita minha vontade. E se curava.

Quando tínhamos nossos quinze anos, de brincadeira íamos ver a pregação de um pastor evangélico, desses que começam em um canto de rua e depois abrem uma igreja. Porteiros, empregadas domésticas e desempregados se reuniam no pátio externo de um velho sobrado abandonado. Com pouco tempo, ele já frequentava as reuniões de todas as favelas mais próximas. Íamos, na verdade, nos divertir. O pastor falava rápido, empostado, arrastado de dentro da garganta, vibrante, como locutor de futebol. Sempre, e sempre, e sempre, a mesma história. Não sei como ninguém percebia. Sempre o satanás se apresentava em uma das garotas, não sei dizer se na mesma garota. Ríamos, aproveitando a confusão estabelecida, e gritávamos. As garotas não se incomodavam que ficássemos atrás delas, segurando a cintura. Ao contrário, gostavam, riam, seguravam nossas mãos e depois nem ousavam falar conosco, saindo dali correndo de tanta vergonha de nós e também porque tinham de chegar em casa dez da noite.

Chico era maravilhado com a falsidade impositiva do pastor, exterminador de espíritos maus, o valente que enfrentava sem medo o satanás. Aquela encenação o levou várias vezes a se perguntar quanto ganharia se começasse ser pregador, se se anunciasse como homem sem medo da presença de satanás porque tinha a palavra divina de seu lado, e fosse recolhendo, em suas missões, dinheiro para obras de evangelização.

Minha família era religiosa, sem exageros ou beatices, exceto por minha mãe que, num determinado momento da vida passou a entornar dentro de casa um eu te amo, Deus, e seja feita sua vontade. Todos, e aí me incluía, líamos a Bíblia, ou passagens descartáveis. Conhecíamos as principais histórias do Velho e do Novo Testamento e diversas locuções anunciadas por profetas e apóstolos. Éramos católicos, adoradores de santos, imagens, fitinhas de braço, flâmulas e rezávamos o Pai Nosso antes de dormir para suplicar a Deus que nos livrasse de todo mal muito mais que dizer a ele seja feita sua vontade. Rezávamos cada qual em seu canto e de seu jeito, antes das refeições. E nunca nos esquecíamos de pedir a Deus que olhasse por todos aqueles afundados na pobreza material ou espiritual. Não tínhamos contato com xangô, candomblé, macumba, terreiro de santo, paisagens que apareciam nas histórias da cozinha, quintais, ruas e amigos: armações, trapaças e anedotas sobre amantes, traições, invejas, ódios. Sangue com sêmen. Sangue sem amor. Nada disso entrava em casa. Nada disso merecia atenção ou interesse.

Hoje mantenho as orações e mentalizações e acrescentei uma reflexão otimista para o dia. Uso pedras preciosas brasileiras das mais diversas cores e florais em tratamentos de limpeza de memórias. Em outras palavras, o racionalista esclarecido não resistiu.

Enquanto meu amigo crescera crente e descrente, aberto a qualquer experiência espiritual ou religiosa, sem se importar ou pensar em Deus, cresci um crente crítico: nunca abri mão da imagem de Deus, querendo dar a ela um sentido racional. Chico parecia infeliz e assustado com a possibilidade de receber provações espirituais vindas de pessoas que desconhecia, mas se sentia movido a copiar o modelo de sobrevivência. Era incrédulo, ateu e acreditava em tudo. Mais crédulo, eu me metia no estudo da razão, atrás de respostas para a palavra felicidade. Está mais que adequadamente certo dizer que eu não chegaria a nenhum lugar. Seria tão somente um arredondamento do sentido de estudar e de conhecer. Tinha muitas contas, mas, juntas, não sabia dar sentido a elas. Tinha vários fios de linhas espalhados pelo labirinto, quando deveria ter deixado o novelo em algum lugar e seguido segurando uma ponta. Se você conhece a história de Teseu e Ariadne vai saber que ao entrar no labirinto vai haver sangue, mas se houver amor encontrará a saída. Você viu que eu estava procurando respostas para a palavra felicidade, não procurando sentido para o sentimento de felicidade.

Procurei Chico e fui explicar em que pé as coisas andavam. Ele adorou a história, fez brincadeira, se lembrando das garotas que nós colocávamos peso na adolescência, assustadas com o satanás.

Foi uma delas, garanto, afirmou e parecia dizer sério, um homem descrente, fiel a tudo. Não garantia, brincava. Contando a história, eu esperava ouvir uma opinião sobre o assunto. Crédulo como eu me sentia, seria difícil acreditar em situações que encontrei como brincadeira no passado e que aconteciam comigo naquele instante. Não podia me desvencilhar, porque havia fatos que, enfim, poderiam colaborar para a permanência da dúvida.

Quero opinião sincera, pedi a Chico. Posso acreditar na história?, perguntei.

Não precisava fazer a pergunta. Sabia a resposta. Fiz e esperei Chico dizer seu sim eufórico, dissertando sobre os tipos de almas solitárias vagando na eternidade da cidade do Recife, sem lugar no mundo dos mortos e necessitando estar presente no mundo dos vivos.

Essa cidade vive na lama, disse. Cada um pensa sua vida da porta de casa para dentro. Parece que todo mundo em Recife foi para lá mantendo um voto de indiferença com as outras pessoas. Um voto feito em vidas passadas, acentuou o descrente, crédulo em vidas passadas.

Veio uma lembrança de meu pai, exceção da casa quando o assunto era religião. Não era um simples cristão, havia se formado em história e teologia, embora tenha sido funcionário público durante toda a vida. Quando voltava para casa, se metia com os dogmas cristãos, histórias e infortúnios. Sendo apenas leitor especializado, nunca escrevera um livro ou levantara uma espécie de tese específica. Tinha dezenas, e centenas, e milhares de informações, e opiniões, e suposições, sobre a história do cristianismo, antes e depois de Cristo.

Dava para sentir o sangue jorrando em cada citação, parábola, profecia, anunciação. Dava para sentir os insultos, ameaças e as pragas jogadas de uns contra outros. Cada citação e a terra parecia mais quente e mais árida, os homens mais brutos e insanos, as mulheres ardilosas e indiferentes. Cada profecia e o mundo um lugar perigoso e assustador.

O desafio era ter consciência de que precisaria de amor, pois deveria chegar ao outro e dar amor, mas a história apenas mostrava sangue. Meu pai conhecia bem fofoca da vida dos filósofos alemães e franceses. Não lia Kant, nem Hegel. Inacessíveis, dizia. Costumava se lembrar de um professorzinho conhecido do passado: incapaz de ler Kant por falta de disciplina e algum senso de afastamento momentâneo do mundo. Se preocupava em dizer: Kant se chamava Immanuel com I e não Emanuel com E, como eu. Bebia por todos os orifícios, mas era metódico, tão metódico, que só fazia suas necessidades fisiológicas pontualmente, e escreveu sobre a universalidade das ideias sem jamais sair de sua cidadezinha em uma Alemanha atrasada e ruralista. Kant resumido a poucas e boas.

Kant era tão confuso, tão confuso, que só foi possível algum entendimento quando houve a tradução de sua obra para o francês, dizia meu pai para mim, um garoto leitor de Kant em português, vindo de alguma tradução francesa. Meu pai não dava importância a quem tornava pensamentos densos em banalidades. Mas, esse era seu jeito, não dava importância a Kant por entender que ele tornava o simples da vida em algo sem o menor sentindo, pois se tornava inalcançável e Deus, por certo, não tinha interesse em tornar tudo mais difícil. Meu pai gostava de sangue, todo aquele que o amontoado de guerras bíblicas podia trazer. Gostava mais de sangue, muito mais que de amor. Nada falava de sêmen.

nove.

Voltei ao centro Amor com Compaixão para nova consulta com a médium. Fui recebido com satisfação por seu marido, Lourival, bem mais jovem, responsável pela ordem de chamada. Perguntou como estavam as coisas, respondi como um fracassado, caminhando, indo. Ele me pediu para aguardar Noela, enquanto estava arrumando a sala para receber os mentores e guias.

Nesses dias, havia a guerra no Iraque e Lourival trabalhava no turno da noite de uma refinaria de açúcar. Não saía de casa antes de assistir ao noticiário da televisão. Esta tarefa no final da tarde, era sua parte na missão Amor com Compaixão de chegar aos outros e ajudar as pessoas. Amor com compaixão, saúde com bondade.

Esse Saddam, disse, puxando assunto, vai se lascar. Foi aí que reparei: usava a expressão vai se lascar para quase tudo, quando não acreditava nas pessoas e nos fatos. Maneira de dizer não vai acabar bem para decisões do governo, contenções de emergência, leis, medidas e atos. Era simpático e, não sei se por esquecimento, perguntava várias vezes quanto valeria sua casa, um pequeno imóvel, no bairro dos Torrões. Não tinha aquela maneira açucarada de falar, mais parecida com a dos padres católicos reclusos, imitando talvez um jeito em latim, orientado para a santidade. Falava com o som e a intensidade do subúrbio e parecia mais aceitável. Era melhor receber a ficha de espera de um cara simples e sem rédeas na boca, do que de um manso que pensasse vai se lascar, isso não é comigo, pega sua ficha e vai ver que espera você do outro lado. Tem muito sangue, posudo. Muito sangue. Quer amor? Quer amor de verdade? Toma sangue, antes. Sangue.

Noela me recebeu e pediu para sentar. Perguntou como estavam as coisas, respondi como um fracassado sem forças: sem mudanças, coisas coisadas. A sala era pequena, meia parede, dava a sensação de alguém do outro lado ouvir perfeitamente a conversa, no corredor. Não era uma mesa repleta de velas, galhos de arruda, sal grosso. Nem com oferendas arrumadas em potes pequenos de barro contendo doces de mamão, banana, goiaba, pedaços de papel submergidos no pote, com nome de pessoas que queriam se livrar de alguma coisa feita para atrasar sua vida. Nada disso fazia parte do trabalho de Noela, seguindo a austeridade e simplicidade do Amor com Compaixão.

Ela ficava concentrada, silenciosa, e não havia nenhuma varinha mágica. Nenhum movimento com varinha de cipó de goiabeira bem cortada e raspada para bater no copo cheio de água na frente de uma vela para chamar quem quer que fosse. Apenas minha fantasia imaginava o som do cipó batendo no copo, fazendo um tilintar único, maneira de Noela chamar o mentor. Eu a imaginava batendo quatro vezes, fazendo uma oração indecifrável, feita em sussurro. Até fantasiava mais. Imaginava: deve ser em uma língua dos tempos em que

Moisés batia pernas de um canto a outro do deserto. Ou talvez fosse em alguma língua dos anjos.

Quando o mentor se incorporasse ao corpo dela, não deixaria de me assustar e ficaria a sensação de haver mentira e verdade. Na dúvida, ficava, porque era um homem curioso e não achava que ouvir o que as pessoas tinham a dizer fosse perda de tempo, não importa como. Ela se transformava: o jeito de sentar, voz, o olho parecia ficar diferente, ligeiramente voltado para dentro, estrábico, com uma fenda no olho direito.

Veio o mentor:

Como vai, Noam?, perguntou, certo de saber quem eu era.

Vou indo, amigo.

Amigo era uma novidade, pois resistia chamar de mestre, então, não dizia nenhum título ou honraria.

Quais são as novidades, Noam?, quis saber de mim.

A garota continuar em minha cola seria uma novidade?, perguntei.

Que agonia, não é? Ela vai sair. É uma criatura pobrezinha.

Mas ela está por perto, disse, vozinha de fracassado. Sinto que está por perto.

Vai colocando os confeitinhos, então. Não foi a recomendação? Você vai esquecer, vai. Tem se distraído?

Me tornei uma pessoa caseira, quase reclusa, disse, mais uma vez vozinha de fracassado. Sinto cheiro de vinagre em mim, em minha roupa, nas paredes de minha casa.

Você usa vinagre em casa?, perguntou.

Não. Quase não uso nada em casa. Almoço fora. Todas as refeições fora de casa.

Mas está colocando confeitinhos?, quis saber, talvez duvidando de minha perseverança. Tem colocado os confeitinhos nas ruas?

Isso não funcionava. Eu não me lembrava de comprar bombons de caramelo, porque tinha de tocar a vida ignorando o destino, não conseguia abstrair como autêntica aquela história. Não estava apenas como objeto da história. Estava como objeto de uma patologia que entortava minha mente. Não apenas era vítima. Era permissivo e aceitava uma dor que me exaustava.

A quem contava, tudo parecia ridículo e a pergunta maior era aquela que não aparecia, ficava explícita nos olhos das pessoas: como eu, entre aspas, tão ilustrado e culto, o soberbador, o arrogante que diz ler filosofia, o prepotente que fala em racionalidade esclarecida, conhecedor de temas e autores das psicanálises e das psicologias, aceitava a história como verossímil, digna de registro, comentário e ação? Por que não dizia com simples facilidade: isso não é comigo. Nada disso existe. Por que aceitava dar tanto sangue em vão, se não conseguia receber amor?

Nem eu respondia, porque, em minha mente, vinham imagens confusas do passado: recebi um casal de visitantes em Recife e os levei para conhecer a festa de Nossa Senhora da Conceição. Umberto, italiano, e sua esposa Iara, brasileira. Filósofos e antropólogos.

Desde o primeiro momento que colocou os olhos em mim, Iara não queria mais me evitar. Fomos depois, a pedido deles, ao terreiro de Dália, mãe de Santo. Eu já havia ido, quando pequeno, a um centro de umbanda, levado por uma prima. Ela cismava que o marido tinha outra. Não entrei no quarto de consulta, fiquei no terraço. Apenas ouvi os soluços de choro dela, as frases endoidecidas de fúria e agressividade. Sangue, muito sangue, pouco amor. Minha única experiência em terreiros.

Na casa de Dália, gordinha simpática e falante, conheci seu marido, Amor, cara, cabelo, voz e jeito de andar de pilantra. Tinha saído de um quarto da casa, cheirando a inhaca de suor e sujeira, com uma bunduda de turbante e vestido brancos, jovem, vinda da Bahia para fazer um período de aprendizado com eles. Amor não foi com minha cara, nem apertou minha mão. Tratou bem Umberto e do nada disse que tomasse cuidado comigo. Umberto não entendeu. Era filósofo e vivia exilado no mundo do grego e do latim, ilhado em sua língua, o italiano. Corria o mundo atrás de gente esquisita, como Amor, mas precisava de intérprete. Até hoje fico na dúvida se captou algum clima entre mim e Iara, como insinuou o outro, ou se sua falta de entendimento foi preconceito e ressentimento do tipo narciso resiste e quer destruir quem não reflete sua expressão como espelho. Em nada eu parecia com Amor.

Depois dessa experiência, só uma história com uma namorada. Maria. Após um tempo percebi que umas pessoas visitavam o pai dela e ficavam trancadas em um quarto com ele. O velho não era psicólogo, não era nada. Era inculto, arrogante, apoiava a ditadura militar e contava histórias de pracinha que não tinham sentido ou bravura. Eram todas provas de malandragem, preguiça e trapaça.

Perguntei sobre aquelas tantas mulheres que o procuravam, e Maria respondeu que o pai usava aquelas histórias para dar orientação espiritual para certas pessoas.

O velho não dizia nada com nada, nem os filhos o levavam a sério. Apenas Maria, não sei se por adoração ao pai ou por acreditar naquela encenação sua como a representação de uma capacidade extra-sensorial, quem sabe divina.

Acabei o namoro por três motivos. Primeiro, aquele velho astuto e enganador não merecia ser levado a sério. Segundo, se ela acreditava naquilo, não era para mim. Terceiro, era uma mocinha que queria engravidar logo para mudar de vida.

Sêmen, só sêmen. Nenhum amor.

Maria contou para outras pessoas que fui seu único e verdadeiro homem, mas isso é história de subúrbio. Encontrei com ela quando voltei dos Estados Unidos. Estava para casar com um militar e grávida de quatro meses. Depois de mim, deve ter namorado um regimento inteiro, e minha sensação não mudou: se tivesse continuado com ela, fatalmente, teria acabado militar.

Que Deus tenha cuidado dela onde estiver, disse o mentor.

Será que foi Maria?, perguntei desconsolado.

Ele ficou em silêncio. Fechou os olhos.

Essa mocinha nunca fez trabalho, disse. Outra pessoa, por perto dela, sim, faz. Coisa feia. Magia negra. Ela, não: um velhaco conhecido dela faz. Nada para você.

Outra pessoa, então. Se fosse Maria, ainda que batesse uma tristeza remissiva, estaria confortado com a sensação de saber o nome de quem queria me ver passar esquecido pelas mulheres. Não ocorria outra pessoa. Me lembrava de Chico dizendo que poderia ser qualquer uma daquelas garotas assustadas com o satanás, com quem brincávamos na adolescência.

Não é comum dizer aqui se faz, aqui se paga? Seja quem for, deveria estar rindo de mim ao imaginar as mulheres me evitando. Se me evitavam, eu poderia ter tudo na vida, menos amor. Se não teria amor, não viveria a felicidade, não viveria em paz, conquistas valiosas para mim. Aquele mau cheiro, o odor de vinagre, era o que eu teria para compor minha história. Uma história de sangue e vinagre. Uma história de sangue e umidade. Às vezes, sinto o mau cheiro como umidade, outras como vinagre.

Se isso era o que parecia ser, eu deveria comprar aqueles bombons de caramelo, espalhar um a um nas esquinas, jogar me fazendo de distraído, no meio da multidão nas ruas sujas e fedorentas, e ficar imaginando a garota se abaixar atrás deles, afastar os olhos de mim uns segundos, e aí eu despistar, correr, virar esquinas. Tomar um táxi, ônibus, avião. E mudar de cidade, estado, país, mundo.

O mentor dizia: se acredita assim, insista nos caramelos. Para mim, não havia outra saída: na manhã seguinte, cedo, começaria o expediente dos caramelos e a contagem regressiva para voltar a sorrir. Começaria por mim, em mim, a mudança.

dez.

Enquanto a história acontecia, eu estava escrevendo um conto. Naquela época, queria escrever contos. Tinha encontrado o enredo durante uma conversa de bar.

Falávamos de amores e do meu encosto, quando tocou uma música. Como a maioria dos jovens até trinta e dois anos não conhecia bem a música popular brasileira, a queixa foi geral, porque a música e a voz do cantor pareciam ultrapassadas. Não para mim. Ouço MPB com prazer, sem discutir se é ou não é expressiva, ou a melhor do mundo. É identificação. Quando alguém achava uma música velha, fora de moda, e isso também existe, achava engraçado, porque dizia alguma coisa sobre a impaciência da pessoa e seus limites entre sangue e amor, sobre sua capacidade de sentir algo com o desatino dos outros.

Quando era pequeno, costumava ouvir um programa na rádio Tamandaré: Manhã da Saudade. Tinha como vinheta de abertura a valsa Branca, clássico de Zequinha de Abreu. Há um filme sobre ele e sua paixão por Branca, uma artista de circo, e há qualquer coisa nessa história que parecia semelhante ao Anjo Azul, filme, não ao Anjo Azul de Heinrich Mann.

Ouvia a voz de Sílvio Caldas naquele bar e ia nascendo uma história dentro de mim: um homem resolve construir um balão com as cartas de sua amante, vizinha de porta e janela, que o amava e era casada. Inconformado com a espera em vão de fugirem para viver juntos, o homem resolve acabar o caso, mandando ao espaço todas as palavras de amor. Mas soltar balão é perigoso e proibido. A polícia chega na hora e o relacionamento pode ser revelado ao público.

Fiquei em silêncio, pensando no enredo e rindo na mesa do bar. Os amigos perguntaram em que eu estava pensando, respondi coisas vagas e eles começaram a debochar dizendo que, toda noite, a mulher que eu sentia colada em mim deitava em minha cama, arriava meu pijama e mandava ver. Daí minha cara de puta bem paga, de homem com cheiro de mulher. Achei a história engraçada, mas queria era escrever o conto, esquecer a solidão.

Voltei animado para casa e comecei escrever minhas primeiras anotações do conto. Achava que para escrever, deveria ter, em primeira mão, duas ferramentas: uma boa história para contar e uma frase inicial que impulsionasse a leitura. Não precisava encontrar a frase inicial na primeira versão. Precisava ter uma que definisse se escreveria ou não a história. Não tinha a compreensão ainda de que uma história poderia ter sangue e sêmen, mas sem amor no final não interessaria a ninguém.

Entrei pela madrugada sem conseguir arrumar a história no papel. Antes de dormir, recebi o telefonema de um amigo jornalista que tinha insônia e passava as madrugadas lendo as manchetes dos jornais do dia para todo mundo que, por descuido, atendia seu telefonema.

Alô, boa noite. Sadam pronto para enfrentar os Estados Unidos.

Ora, vai dormir, homem. Isso lá é hora de falar em realidade. É hora de sonhar. Vai sonhar.

Desliguei o telefone, tirei do gancho por meia hora e fiquei pensando que seria bom baixar ao redor de mim uma mulher cheirosa, para coisas de sêmen e amor. Não poderia ser sem graça. Noela disse algumas vezes que a mulher era nova, uma garota apenas um pouco passada dos vinte e um anos, talvez. Na verdade, não disse: perguntou como eu achava que era, já que havia criado a personagem.

Dormi com a história na cabeça e durante a noite senti um frio no corpo, como se alguém estivesse deitado comigo, me abraçando com carinho. A sensação era boa, maravilhosa: era ela, sem dúvida, era ela. Se estava todo tempo junto de mim, ao meu redor, estaria naquele instante, porque a sensação era de ter uma mulher deitada comigo.

Acordei mais tarde e fui consultar Noela. Precisava saber se era possível o que sentia. Noela não poderia responder, só o mentor.

Chame o mentor, por favor, pedi.

Essa hora nunca chamei, disse Noela, voz tranquila e olhar desconfiado.

Tem sempre uma vez, insisti.

Talvez ele faça alguma missão longe.

Talvez não, insisti.

Tentou, sem sucesso. Ia desistindo, quando o mentor deu sinal.

Que houve, meu filho?, perguntou Noela, já incorporada.

Contei a história, chocado, embaraçado. Ouvia tudo com atenção, resmungando sim, ham, hum, hum, sim, certo, estou entendendo, entendo.

O que é?, quis saber.

É ela, meu filho?, perguntou. Acredita que ela esteja se aproximando enquanto você dorme? Tem feito a limpeza de memórias? Percebeu minha resistência e insistiu nos bombons de caramelo.

Estava ficando aflito com aquela história. Não queria dizer que a noite tinha sido agradável. Mais lembranças do passado surgiram: havia uma morena, Ariela, filha de ferroviário, de Jaboatão. Estava tentando telefonar para alguém de um telefone público da Avenida Guararapes. Nessa época, eu trabalhava em um jornal e fui olhar livros usados vendidos na calçada. Ariela estava lá, desorientada, feinha, ia telefonar para alguém de Boa Viagem. Tinha o número de um homem. Chamava e não atendia. Parecia sem saber que fazer na cidade.

Em dois ou três minutos de conversa, aceitou ir comigo de carro para a praia. Com sua autorização, mudei o roteiro para o meu apartamento, onde havia bebida e ouviríamos música. Ariela foi uma companhia sensacional. Sem roupa, era bonita, torneada e durinha. Não disse duas palavras, não sei se pensava qualquer coisa do mundo, se esperava algo da vida. Fez amor como nenhuma outra antes. Foi embora de ônibus, fiquei sem saber onde morava direito. Deixou o telefone de uma vizinha em Jaboatão. Meses depois, liguei e alguém disse que ela tinha morrido afogada em algum lugar da América Central para onde fora com um alemão. Se fosse para ser alguém, queria que a garota fosse Ariela.

Sinto que, se há alguém, o nome dela é outro, disse Noela. Essa mocinha aí também precisa de ajuda, mas você carrega na vida outra, que não morreu afogada, mas é faminta. Faminta de amor. De atenção. Uma que pode ser a soma de todas e vive em sua imaginação.

Compreendi. Mais de uma vez compreendi e deixei para lá, negando aceitar que a energia ao meu redor, que parecia afastar as mulheres de mim como algo mais forte, estava dentro de mim.

onze.

Para as coisas começarem a rolar basta ficar ligado, frase que aprendi com meu velho amigo hippie Antônio Galera, hoje compenetrado industrial de produtos saudáveis e de bem com a natureza. Começou fazendo pão integral na cozinha do apartamento apertado em que vivia.

Fui conversar com ele para uma entrevista sobre déficit de atenção e ficamos amigos, conversamos por telefone, nos visitamos, trocamos algumas mensagens. Foi ele quem contou: logo que começou a deslanchar nos negócios, recebeu a visita de um empresário paulistano para comprar sua marca, mudar de cidade e abrir em outro lugar, onde tinha um sócio preparado para tocar o negócio.

Você não tem chance de crescer, disse o empresário. Ninguém cresce pelo trabalho. Ninguém vai abrir as portas para você. Vai trabalhar e suar, e não vai sair do canto.

Ouviu, iria pensar, não poderia dizer um não veemente. O todo poderoso poderia interpretar como ofensa e criar casos infundados na praça. Se queria comprar era porque o negócio valia a pena. Pensou, não gostou da proposta, disse que poderia vender em outra oportunidade, preferia por enquanto trabalhar um pouco mais na empresa. O paulistano fez de tudo nos negócios e para além dos negócios para a empresa falir.

O velho hippie não compreendia. Sua empresa era tão pequena ainda e sem planos, para que tentar destruir o ganha-pão de um homem que começou na cozinha de sua casa, porque não queria trabalhar o dia todo? A ambição e a competição estão mais próximas da ira que da motivação. As verdadeiras fortunas não estavam ao alcance das mãos de pessoas como Galera.

Certa vez Galera foi fazer uma visita a uma tia-bisavó que estava sozinha e precisava de atenção, no interior de São Paulo. Foi e fez uma promessa: se a empresa prosperasse, ajudaria os velhos no mundo. Não sabe como veio aquela ideia. A promessa não foi dirigida a nenhum santo, nem a Deus. Era algo dele para ele. Começou pela tia-bisavó. Depois, do nada, foi convidado por uma mulher da cidade, com quem engrenava um namoro de momento, para assistir a uma senhora que conseguia tirar trabalho feito de dentro de algodão branco, principal atividade agrícola da cidade.

Em uma sala de reuniões, a mulher fazia uma limpeza espiritual antes de iniciar o dia. Ficava trancada sozinha, dizendo para os maus espíritos saírem, deixando espaço para os trabalhos. Dizia ver todos e enfrentava sem medo, mas usava um tom histérico, gritante e palavras ofensivas. Parecia que era ela a possuída. Galera não teve boa impressão daquela encenação. Gostava das ondas, fazia pães artesanais, se alimentava de frutas e legumes. Pregava a gentileza como caminho para a bondade e mais gentileza. Sua voz era mansa, assim como eram mansos seus pensamentos e seu jeito de viver.

Para fazer os trabalhos, ela colocava um barril vazio e, em cima, uma peneira grande. Na peneira, colocava bastante algodão ainda bruto, lavava com água, até ficar encorpado. A pessoa se apresentava, procurando saber se houve algum trabalho com objetos pessoais, pegava no algodão com as pontas dos dedos e iam surgindo, materializados, objetos ou coisas estranhas que as pessoas reconheciam como seus.

Para agradar a namorada, Galera se aproximou. Vindo de tão longe, achava que a mulher nada poderia materializar. Diria: você está limpo. Gentileza gera gentileza.

Acontece que Galera tomou um susto. Debaixo daquele algodão, viu surgir uma caneta Mont Blanc com seu nome gravado, objeto de um tempo em que, em um surto de sugestão de prosperidade, sentiu que poderia dar certo. Foi com aquela caneta que quase havia assinado a venda de sua empresa, no momento em que entrava em seu caminho o empresário paulistano. Logo depois, a camisa que usara quando disse não para a ideia de desmontar sua operação, começar em outro lugar, com um sócio rude, sem tempo para nada, apressado.

Galera estava impressionado. A receptora do além disse para não se preocupar mais, os caminhos estavam abertos, nunca esquecesse de contribuir para tirar as pessoas da pobreza e da desesperança.

Me animei para procurar a senhora do algodão. Depois desisti. E se eu fosse lá e a mulher puxasse da peneira uma Ariela, e eu não soubesse o que fazer com o presente? Decididamente, desesperei. Só me restava jogar caramelos pelas ruas.

doze.

Na manhã em que decidi jogar os caramelos nas esquinas do Recife, não fui trabalhar. Passei em um fiteiro, comprei quarenta caramelos, enchi os bolsos e fui para as ruas do Rangel, Duque de Caxias e Livramento, a caminho do Mercado de São José e da igreja de São José do Ribamar, onde havia centenas de pessoas vendendo, comprando e passando.

Bem em meio a todo o rebuliço e inhaca, se escondem os restos ossais, talvez apenas pó, do poeta Gregório de Matos, que um dia clamou, em alta voz, se o Sol se acaba para que nasce, se a Luz é formosa, por que acaba. Eu estava ali, começando o mundo pela ignorância.

Abria os caramelos e jogava os docinhos nas ruas, nos cantos de calçada, apressava o passo, cruzava por dentro das lojas e continuava jogando os bombons, os confeitinhos.

Por volta das dez da manhã, comprei mais cinquenta deles, saí jogando pelas ruas e olhando com melancolia para aquela parte do Recife. Estava suja, pobre e esquecida. Se deixasse para trás a mocinha encostada, eu não poderia nunca mais voltar naquela parte da cidade. Por prudência, não fui perto do Pátio de São Pedro. Gosto daquela área, ainda que suja e envelhecida com seus bebuns empobrecidos, mas sempre com mulheres acariciando, beijando e olhando com paixão.

Sempre mulheres dispostas a dar amor, embora quase todos destinos das almas ao redor do Pátio de São Pedro recebam mais sangue e sêmen que amor. A sensação de nunca mais poder passar por onde achasse que ela se perderia, entristecia.

Se não tivesse algum critério em relação aos lugares, chegaria um momento em que teria andado todo o Recife: Dantas Barreto, Concórdia, Palma, Frei Caneca, Imperador, Aurora e União, e não poderia mais andar pela cidade. Ainda que estivesse suja e empobrecida, eu era um dos seus cidadãos e não queria me privar dela.

Gostava de cruzar as pontes. Meus antepassados viveram no Recife desde o começo. Foram judeus, espiões dos inquisidores portugueses, ateus, depois praticantes de religiões com santos, sem santos, com livros, sem livros e rituais. Desde quando a cidade era alagada, lama e mato. Os caranguejos e guaiamus fazem parte de minhas lembranças. Saiba ou não, queira ou não, todo ser da cidade tem um compromisso de vida com os caranguejos e os guaiamus. Eles sempre viveram nos mangues que margeiam os rios.

Durante algum tempo, tentei escrever um ensaio sobre a transmissão de experiências de geração para geração, a partir das formas definidas e imutáveis da cidade. Escolhera Recife porque morava ali, tinha crescido em um bairro próximo do centro.

Minha tese era simples e escolada em Walter Benjamin, de quem havia lido duas ou três coisas sobre o assunto. Simples assim: não se devem mexer nos espaços denominados centros da cidade, porque são os únicos elos comunicativos entre velhos e jovens, entre gerações.

Através das experiências vividas na cidade, velhos e jovens poderiam sentir a relação de proximidade em suas experiências. Paris, Londres e Roma, exemplos, evoluem e sempre fica algo de comum para todas as gerações interagirem, comunicando experiência e memórias. Tem de ficar um pouco para as gerações continuarem dialogando e nenhuma se sentir sem referência. Tem de ficar para não haver nostalgia. Tem de ficar para que a geração seguinte confie que haja evolução.

Quando comecei a desenvolver minha tese, estava obcecado por uma descoberta e fui convidado a escrever um texto sobre uma empresa que havia começado suas atividades comerciais no início do Século XX. Era preciso desenterrar a história, restava apenas uma fotografia amarelada e o depoimento de um comerciante cego, presente em sua inauguração. A empresa ficava no Pátio do Paraíso. Ninguém sabia localizar onde era esse Pátio. Vagamente um ou outro historiador indicava o lugar no centro da cidade, sem que ninguém pudesse dizer algo sobre a importância de uma geração para outra.

O Pátio do Paraíso estava debaixo de todos nós, inclusive de mim e de Ariela, naquela tarde que nos conhecemos na Avenida Guararapes. Era um projeto monumental, construído pelos holandeses, cercado de oitizeiros, e incluía a capela do Paraíso, ainda hoje escondida em uma viela. Ia até a

Rua do Sol, olhando o Rio Capibaribe e a Rua da Aurora. As modificações urbanísticas realizadas pareceram oportunas, disse um dos urbanistas, argumentando que não fazia mais sentido ter o espaço. Foi aberto para dar lugar a grandes avenidas. Se Recife fosse Paris, seria como justificar que os Jardins das Tulherias perdiam a razão de estar onde estavam. Para ter a sensação de evolução é preciso saber que as partes se preservam e se mantêm.

Restava a mim acreditar no destino e entender a cilada. As pessoas eternizam suas experiências a partir de onde vivem. Eu me sentia impelido a hesitar minha existência de mim para poder continuar procurando amor, felicidade e paz. Para continuar jogando os caramelos, cravado de melancolia – tristeza, profunda tristeza. Sangue, muito sangue.

treze.

Acordei cedo e fui correr. Já gostava de correr pela manhã no calçadão de Boa Viagem. O bairro era tranquilo, ainda não havia aquele volume de carros passando para o trabalho do outro lado da cidade. Quem deseja correr tranquilo, encher de ar puro o corpo, deve acordar cedo, pular da cama com o sol, antes das ruas ficarem insuportáveis de buzinas e roncadores de motor. Alguns preferem correr na areia, junto do mar. O mar oscila, uma semana maré baixa, outra semana, alta. Prefiro o calçadão, pois me desconcentro pouco e tenho a sensação de fazer com mais intenção a meditação diária.

Sempre de um extremo a outro do calçadão eu não saía da orla, para não me perder, como em um quebra cabeça, entrando por ruas pequenas. Se minha caminhada fosse em outro bairro, por exemplo, na Boa Vista, o esforço seria ver diferença entre comercial e residencial. Lojas, escritórios e agências de serviços estavam por toda parte. Se, na caminhada, quisesse encontrar clima de café quente, pão torrado e crianças mexendo em gatos sonolentos, teria de apressar o passo até a Ilha do Leite. Preciso de espaço e concentração. Caminho uma boa parte de olhos fechados. Sigo o fluxo da respiração. Sempre tenho um mantra para recitar.

Corro e ando no calçadão. Antes e agora, ando e corro no calçadão da praia de Boa Viagem.

Apressei o passo, voltei para o apartamento, onde pretendia ficar ouvindo música e lendo livros, digo livros porque pretendia ficar folheando velhas leituras, recordando passagens, entretido com a música. Aprendia bastante folheando páginas que já tinha visto, entrava em sintonia com quem eu era e com todo o movimento de sentir e pensar as pessoas e o mundo. Folheava entrevistas, biografias, autores de minha preferência. Gostava de viver assim, tranquilo. Não ganhava rios de dinheiro. Era suficiente, se quisesse, para viajar todo ano um mês inteiro. Não tinha o melhor carro da praça, nem o do ano – era um acordo com a quilometragem, o bolso e os desejos.

Demorei entender as coisas, e não podia ser diferente. Assim que terminei a faculdade em Recife, um amigo de meu pai arranjou uma bolsa de estudos nos Estados Unidos e eu fui para lá.

Fui, mas não gosto de lembrar de minha passagem, nem das namoradas. As americanas sentiam que eu era passageiro, não ia ficar, nem criar raízes. E se não ficaria, não tinha importância. Era verdade. Se não ficaria, não valeria perderem tempo com quem voltaria para a selva. Sentia vontade de falar de literatura, políticas, banalidade. Vida e memórias de infância, mas não via interesse delas nisso. Gostavam de beber, eu não. Sempre escolhi mulheres interessadas em moda e comer alface. Me atraíam pela roupa estilosa e por serem magras. Com isso, ainda que não fosse um padrão, eram dorminhocas, preguiçosas e irritadiças. Seguia minhas caminhadas sozinho no parque ou na cidade.

As americanas gostavam de relatar o percurso de casa para o trabalho, do trabalho para casa. Sempre ouvi dizer que falar sobre o clima era para esquentar a conversa, e podia render horas. Comentavam sobre o clima e diziam estar loucas para tomar um porre. Fiquei com a impressão de não saberem o que era ideia ou reflexão, isto é, se voltar sobre a própria ideia, se debruçar sobre as coisas vividas, para entender onde estavam e imaginar para onde ir. Naqueles dias, os americanos não ensinavam muito. Na verdade, nada.

Apesar de tudo, do nada e do mínimo, faziam a neurociência da afetividade andar, arrancando alguma coisa da frase que alguns professores diziam: não adianta ser muita munição se não souber ser rifle. Infantil e umbiguista, talvez quisessem provar algo sendo muita munição, enquanto não queriam provar nada fora da expectativa de descobrir algo em um universo estreito e limitado. E conseguiam. Alguns chegaram ao Nobel de coisas diferentes. Eu, tão convicto de saber refletir e ter ideias, fiquei em um certo estágio de acreditar que para chegar em algum lugar é preciso profundidade e coerência. Uma convicção grosseira e paralisante.

Quando era estudante no Recife, eu e meus amigos costumávamos ir a algum bar durante a noite beber cerveja. Havia aqueles que falavam de política e havia quem só falava de política nas horas certas, caso que não era a mesa do bar. Os caras de voz histericamente alta e atropelando os demais seguiam falando de política, mas não se ofendiam quando havia pedidos para ficarem quietos. Para darem um tempo. Ninguém falava, se contendo. Havia necessidade de chamar um ao outro de retrógrado, reacionário e ultrapassado. Todos éramos um pouco de tudo aquilo.

A política palpitava em nossas vidas, exceto quando fingíamos não morar onde morávamos. O Brasil estava no limiar de mudanças e todos acreditavam na participação de todos, de algum jeito, para o país sair da sombra e viver dias melhores. A universidade brasileira estava longe de ser um lugar de reclusão, afastamento do mundo para formação de um aprendizado que levasse o estudante, por conhecimentos e discernimentos, para a categoria de elite. Cada qual creditava para si uma responsabilidade política e intelectual maior e acima de suas possibilidades, porque, depois, o tempo ensinava a entender a maturidade: a capacidade de se sentir enriquecido pelas leituras, fazer as experiências de vida tomarem um gosto de vida, não ter a responsabilidade imediata de mudar o mundo. Tudo isso parece muito bom, mas como lugar da política. De um lugar desse não sai ciência.

Então saí do país, fui aos Estados Unidos. Vi de perto o individualismo da cidade grande, digo cidade grande porque seria injusto se dissesse ser, unicamente, do americano. Vi em São Paulo, em Buenos Aires, continuo vendo, até em cidades nem tão grandes. Voltei.

As possibilidades e as metas de trabalho para quem ganha bem, tem carro, acessa bens culturais, grupos sociais definidos, enganam os jovens. Têm a sensação de poder viver em um modelo de mundo indiferente aos outros, aos projetos coletivos, e não olhar para as coisas, senão como um bem de consumo que poderia ter ou vai dar tudo de si para ter. Quando percebe, está próximo dos quarenta anos de idade, passou dos quarenta, se aproximando dos cinquenta anos. Talvez, apenas talvez, tenha dinheiro para dar e vender. Os amigos estão cada qual em sua casa, têm carro, notebook, formas de falar e escrever, chegar ao outro sem sair do lugar. Sensação de poder ir para onde quiser e nada, nem ninguém, impedir. Para onde for, vai encontrar alguém e se dar bem. Dentro de si, até na alma, está sozinho. Milhões de ideias antes obscuras e alheias a diálogo sobre casamento, família, vida harmoniosa e tranquila, enfim, toda tralha que todo mundo viveu ou vive, invade a cabeça como definição precisa sobre ausência de vida e presença da morte – em ambos os casos, se sente sozinho. O forte apelo de independência não dá a sensação de liberdade, mas de ser objeto da história, não de herói da história. De ser vítima, não de ser líder.

Infelizmente, estava preso na fatalidade e me sentia como totalmente existente. Não podia conviver sozinho ou comigo, construir uma família. Se tivesse de deixar Recife mais uma vez, deixaria, sem jamais esquecer de tudo que vivi, aprendi e pensei a partir da cidade, de todos que ficaram em seu chão, os mortos e os vivos. Queria ter uma vida em família. Pensava em pequenas cidades brasileiras ou europeias, uma cidadezinha próxima de Lisboa ou de Barcelona. Talvez uma cidadezinha de Minas Gerais, São Paulo ou Rio de Janeiro, onde a pobreza e a brutalidade que assolam as grandes cidades não apareçam nunca com a cara de medo e violência. Um lugar que seja modo de viver gentil, chão para fincar raízes, que de lá sempre possa sair para ver o mundo. Onde uma cachoeira perto de casa anuncie a existência dia e noite.

Uma notícia no rádio interrompeu meus pensamentos. Levantei, fui ao banheiro. Detesto programas policiais da manhã. Deixam todo mundo sobressaltado. Adoecem as pessoas. Tornam a todos infelizes, cabisbaixos. Queria música, unicamente, porque era cedo para qualquer noticiário.

E atenção. Mulher, aparentando vinte e cinco anos, foi encontrada morta nesta madrugada, na calçada da rua do Rangel. A vítima está no Instituto de Medicina Legal e tem identidade desconhecida.

Pulei dentro do banheiro. E se fosse a garota a meu redor? Passei pela Rua do Livramento, andei tudo aquilo do bairro de São José. Vai ver que ela se perdeu, entretida com os caramelos, ficou zanzando pelas ruas, caiu e se materializou. Não sei se é possível. Meus conhecimentos sobre espíritos eram, e são, imprecisos. Soube que os anjos, quando se apaixonam, caem, abrem mão da vida angelical de cuidadores e imortais para viver toda a intensidade do amor, e isso quer dizer que serão mortais, envelhecerão, vão morrer. Se os anjos existem e cuidam de nós, como sigo acreditando, os anjos que abrem mão da condição angelical se tornam protegidos por outros anjos.

Peguei o carro e fui ao IML. Ia dizer que estava preocupado com um amigo jornalista desaparecido há dias, e que me disseram que estava ali, morto enquanto fazia uma reportagem nos morros da cidade. Não foi necessário. Um funcionário me perguntou quem eu queria ver e não pensei duas vezes: quero ver a mulher que morreu na rua do Rangel. Levei dois minutos até chegar na garota deitada na prancha de aço. Olhei de frente. Era jovem, estava suja e maltratada.

Quem é?, perguntei.

Uma puta, o funcionário respondeu. O rádio disse agora de manhã que era desconhecida. Mas na polícia todo mundo sabe quem é: fazia ponto na rua do Rangel, da Praia, Mercado de São José, até o cais de Santa Rita. Maria Anunciada da Silva, Cecinha. Se perguntar quem é a puta Cecinha todo mundo sabe. Trocou recentemente de homem. A polícia vai pegar ele daqui mais uns dias. Fugiu para dar um refresco. Depois, volta, indiferente. Desconversei e saí martirizado. Soube depois que prostituta passava fome, não tinha família em Recife, era de uma cidade qualquer do interior. Ficara um tempo sem conseguir trabalho, sem espaço nas ruas, sem lugar para dormir, sem clientes. Vai ver nunca tinha entrado no Mercado de São José. Morreu de frio e fome, desejei que tivesse encontrado meus caramelos e se alimentado deles.

Liguei para o trabalho dizendo que iria ao médico, não era nada grave, virose. Não conseguiria tirar aquela mulher da cabeça durante o dia. Cecinha. Uma pessoa que recebera muito sangue e sêmen, mas nenhum amor.

A manhã estava bonita, sol forte, céu claro, as árvores levemente molhadas do orvalho. Pensei passar em alguma livraria, olhar pessoas e livros, bater pernas pela rua, voltar para casa, para a música e assistir algum filme. Não me lembro de ter feito nada disso. Talvez tenha seguido pelas ruas, jogando caramelos nos cantos das calçadas.

quatorze.

Quando era menino, ouvi muitas histórias de assombração. Ao contrário das histórias europeias, em que a família se reúne junto da lareira, no Recife, os bons dias para contar histórias eram os dias de chuva, na época de inverno, próximo das festas de São João, férias da escola. Chovia de inundar a cidade, cobrir as casas próximas do rio Capibaribe. As pessoas ficavam durante todo o dia em casa, isoladas, e aproveitavam para ficar juntas. Nessa hora, minha avó contava histórias de sua infância no interior de Pernambuco, na zona da mata, área repleta de malassombros, obscuridades e cenas assustadoras.

Uma dessas histórias aconteceu no finalzinho dos anos setenta. Era a história da perna cabeluda. Eu a acompanhava quase diariamente pelo Diário da Noite, último vespertino do Recife. A perna cabeluda invadia a casa das pessoas, descia pelos telhados, escalava paredes, arrastava os trabalhadores rurais da zona da mata ao pânico. Como veio, a perna cabeluda se foi. Se espontaneamente, não sei. Se porque o Diário da Noite estava fechando, não sei responder. Todas aquelas impressões de pânico, transtorno e assombração vinham por ele e aumentavam minha vontade de querer descobrir que havia por trás de tudo aquilo.

Um dia contei a um amigo minha fixação pelas histórias do Diário da Noite e ele me presenteou com cinco ou seis casos envolvendo o proprietário do Jornal. O logotipo da empresa era a figura de um índio. Para o proprietário, aquele índio representava a imagem de um cacique que ele incorporava, recebia em seu corpo para revelar mistérios metafísicos e banalidades cotidianas, intrigas de vizinhos e de famílias invejosas, razões por que alguém se encontrava em dificuldades. É interessante ver que pessoas, nomes da ciência e da religiosidade cristã, costumam se lembrar dele por essas histórias, sem jamais pôr em dúvida os fatos e as respostas que ele, em nome do cacique, oferecia a quem solicitasse sua atenção. Muitas das histórias de malassombro do jornal eram mistérios revelados pelo índio.

Como dedicado racionalista esclarecido nascido no Brasil, não posso esquecer de que todas as histórias narradas estiveram dentro de mim desde que me lembro de mim como gente. Se me pegava lendo Kant ou Hegel, ou qualquer outro autor europeu – Theodor Adorno, por exemplo, com sua racionalidade crítica –, convivendo com conflitos diferentes, não esquecia de perguntar se, nascido no Brasil – caso não fosse da elite paulistana ou carioca e se julgasse além do país –, e se convivesse com situações tão pouco plausíveis de credibilidade, que sentiria?

Eu não podia elevar os pensamentos além do vivido. Se falava de Kant, da tarefa de sair da menoridade para a maioridade, de abandonar os mitos e encontrar na razão a liberdade, era atropelado por uma explicação precisa sobre onde terminava o mito e onde começava a razão e, mais exatamente, onde terminava a razão e iniciava o lugar de ser integral. Se lia Hegel, não sabia falar de Hegel, senão em uma linguagem indecifrável: a certa altura me senti desafiado porque o sentimento presente em mim era de não dizer nada, não me entender e não me comunicar. Eu era a própria coisa coisificada a se revoltar dentro de mim sem saber que dizer, entender e comunicar. Fui um dedicado racionalista, nascido no Brasil, fiz perguntas ingênuas, mas a cada viela saltava diante de mim uma situação inesperada, sem reposta na razão. Tudo que poderia dizer de preciso, racional, científico e dinâmico, não conseguia se reverter em resposta, pairando a sensação de que os mitos agem de forma mais elaborada, enquanto a razão parece algo supérfluo, sem sentido de ser. A razão é uma invenção do tamanho dos mitos.

Patrícia, uma empregada doméstica de minha mãe, nascida e criada na Mustardinha era um exemplo de invenção. Tinha dezessete anos e dezessete milhões de histórias. Se enrabichava para meu lado, mas eu não queria nada. Sabia cada história, todas vividas ou presenciadas, e contava algumas para mim. Duas ou três que seguem em minhas lembranças, ainda mais agora que renunciei a todo acordo, promessa ou voto de ter medo na vida.

Uma vez foi a uma festa perto de Gravatá. A sanfona tocava em uma palhoça fechada, os casais dançavam agarrados. No salão, uma mulher bonita, vinda de fora, era sempre chamada para dançar.

Patrícia reparou quando um homem calado e misterioso entrou na palhoça. As mulheres olharam curiosas e os homens injuriados.

Ninguém conhecia o forasteiro, mas ele não se intimidou e foi direto para ela, aproveitando uma brecha de cumprimentos. E ficaram dançando todas as músicas até que foram para fora, se afastando, se afastando para o escuro, para dentro do mato.

Tudo foi rápido, ela disse. Transou com o homem e, quando viu, ele tinha rabo, pés de cavalo e uma cor avermelhada. Em pânico, saiu correndo, gritando, pedindo socorro. Voltou correndo para a festa, ficou no meio das gentes, fez de conta que nada tinha acontecido. Meses depois nasceu um menino que, ainda dentro da maternidade, foi tirado de seus braços e levado para o outro lado do mundo, onde foi viver como rei.

Minha história da garota que me arrodeava e se encostou em mim não é nada, comparada a inúmeras histórias contadas por Patrícia. Minha mãe, com paciência, procurava passar indiferença, dizendo não é bem assim, sem dizer como de fato era. Não poucas vezes, minha mãe deve ter pedido a Deus em suas orações para perdoar aquela mocinha sem rédea e fantasiosa.

Outra história que Patrícia contou aconteceu em uma madrugada. Vinha sozinha de uma festa no Clube dos Ferroviários, quando ouviu um ruído alto de galope de cavalo. Olhou para trás, vinha um cavalo branco e um vulto, um cavaleiro, montado, enrolado em sua capa. O homem parecia formoso, mas era um vulto. Não havia dúvida que era um homem, segundo sua lógica, porque mulher não andava a cavalo a tantas horas da madrugada. Pode andar sozinha, porém, a pé, como era o caso naquele dia, depois que encontrou o namorado no canto escuro do salão beijando outra.

Pensou pedir carona, depois sentiu medo. Quis se esconder, não havia lugar. Queria gritar, acordar a vizinhança, chamar a atenção e espantar o homem. Era tarde. Ele chegou próximo e ela desmaiou. Quando acordou, viu que o cavaleiro não tinha cabeça. Depois daí, não se lembrava de muita coisa, só que estava na frente de sua casa, dormindo e dela nasceu mais um menino, morto, com genitália gigante e sem cabeça.

Patrícia morreu quando tinha vinte anos. Ela não teve sorte. Certa noite, estava no escuro do quintal de sua casa, quando apareceu um homem: feio, com rabo, também sem cabeça e pés em forma de patas de cavalo. Bateu nela, ela gritou. Os dois sumiram do quintal. O malassombro foi arrastando Patrícia pelos cabelos. No outro dia de manhã, ela foi encontrada morta debaixo da ponte Motocolombó, entre Afogados e Imbiribeira. A família contou que ouviu tudo, mas não quis se meter, porque sabia que ele era o pai do filho dela. Toda Mustardinha, Mangueira, Afogados e Jequié até hoje não cansam de recontar suas histórias.

quinze.

Eu pensava, pensava e pensava: e se foi Patrícia quem resolveu encostar? Talvez, por meninice, não tenha dado atenção para ela. Nunca dei porque minhas opiniões eram confusas sobre as coisas que falava e sobre tudo mais que ela queria. Também por timidez ou insegurança.

Eu tinha uma namorada na escola. Gostava da sensação de estar com ela e de imaginar que a vida seria sempre a seu lado. Patrícia não fazia parte desses sonhos, nem para uma vezinha de amor apressado e sem jeito. Seria sêmen sem sangue e sem amor. Foi demitida porque minha mãe percebeu o jeito que me olhava e também para muitos outros. Não perdia a oportunidade de falar, olhar ou perguntar qualquer coisa para todos os homens, e logo eles estavam no portão de casa querendo saber dela. Uma parte de meus primos mais velhos dizia que não se deveria ir para cama com empregadas. Tinha de haver atração, paixão entre as partes, não era ir por ir. Tinha de haver paixão. Não podia ser apenas sêmen, tinha de ter amor. Não sentia paixão por Patrícia. Na verdade, sentia medo. Outra parte de meus primos fez visitas mais que frequentes ao almoço de casa, ficando para a sessão da tarde.

Meses depois, terminei com a namorada e comecei a flertar com a garota que trabalhava em uma casa vizinha.

Dorinha. Tinha dezenove anos. Era bonita, pele morena escura, meio acinzentada de água de rio, calada. Quando ria, os dentes eram brancos, perfeitos. Fizemos amor várias vezes. De madrugada, eu pulava o muro, ela me esperava. Foi somente minha naqueles meses e também fui somente dela. Apesar de nada conversarmos. Eu não tinha nada a dizer. Ela não tinha nada a dizer. Mas era encantadora e solidária. Sua respiração vem em minha imaginação em alguns momentos, quando aqueles dias vêm como um zumbindo em meus pensamentos.

Um ano depois, não a vi mais. Saiu para passar o final de semana em casa e nunca mais voltou. Sentia saudade de seus braços, de suas coxas, do cheiro de cana-de-açúcar entrando no suor como um xarope doce.

Encontrei com ela, anos depois quando fui à feira de uma cidade próxima do Recife. Vi por trás de um banco uma jovem senhora arrumando os filhos. Era Dorinha. Mais madura, bonita, como a eternizei em minha imaginação e no coração. Cheguei perto, vi quando percebeu minha chegada e reconheceu um certo garoto de uma época passada. Passada, simples, silenciosa, mas bonita. Foi um aperto de mão carinhoso e afetuoso. Ficamos nos olhando, encantados um pelo outro. Ela não disse você precisa crescer, como ouvia constantemente das mulheres. Disse que eu estava bem, mais maduro, sereno e tranquilo. Eu estava, sim, mais maduro. Sereno e tranquilo, naquele momento, não.

Aquele encontro me deixou contente. Nada era falso, vinha do coração de alguém que me queria, tinha seguido outro caminho, mas me conhecia intimamente, por dentro. Tirou debaixo de uns papéis de embrulho um livro surrado. Logo, reconheci: dei de presente em seu aniversário. O feijão e o sonho, de Orígenes Lessa.

Com esse livro aprendi a ler melhor, disse.

Perguntei se havia lido outros livros.

Não preciso, Nozinho, disse.

Só lendo saberá, acrescentei.

Leio a Bíblia, sempre, disse. São muitos livros juntos. Não cheguei nem perto da metade.

Tenho outras histórias bonitas, mais recentes, coisas dos últimos dois mil anos, falei.

Não é preciso, conteve minha insistência. Dessa aqui faço minhas histórias, não é melhor? Para criar nossa própria história, não é necessário ler o livro da vida de todas as pessoas. Alguns bastam para servir de gás.

Eu sabia que não era assim, mas fiquei satisfeito, porque ela queria dizer que para se lembrar de tudo bastava abrir aquele livro e pensar no vivido e no não vivido, que aprendeu e não aprendeu. Em tudo que poderia conseguir.

Mais que qualquer coisa, fiquei comovido. Estava na frente de uma mulher determinada, lúcida, límpida e objetiva. E nós fomos íntimos. Agradeci a Deus ter sido amado por ela, de estar em suas lembranças como alguém que a fez crescer para olhar o mundo e porque ela estava feliz.

Se todas as mulheres fossem como ela, eu não passaria pelo que estava passando, achando que havia magoado uma mulher e ela, por desgosto e ressentimento, invocou um espírito triste para me seguir me rodeando. Não existiria espírito, encosto e confeitos para jogar nos cantos de rua.

Casou, Nozinho?, Dorinha me perguntou.

Ainda não, Dorinha. E você?

Casei, menino. Casei. Tenho três filhos, disse. O mais velho se chama Noângelo.

Noângelo?, eu estava admirado, porque pude reconhecer o Noam no nome.

Eu inventei. Mas todo mundo chama ele de Nozinho também. Igual a você.

Olha só, hein?, disse. Dois Nozinho em um mesmo tempo de existência.

Rimos e nos despedimos.

dezesseis.

O destino não é tão somente oportunidade: é uma questão de escolha. Também é uma oportunidade, mas é preciso escolher. Se esperar, não acontece. Só acontece se tentar fazer acontecer. O destino talvez não exista. Para tornar algo realizado é preciso fazer algo. Para mudar algo na vida é preciso mudar a vida. Tudo que fazemos ou não fazemos na vida se acumula. Um acúmulo de coisas agradáveis ou coisas desagradáveis.

Palavras soltas, repetidas, reescritas inúmeras vezes e descontextualizadas sempre me seduziram, poupam tempo de atravessar densas páginas, dirigem o senso para as fagulhas de mudança em minha vida.

Por outro lado, palavras soltas, descontextualizadas, quando aparecem como sobressaltos em minha frente, causam mais danos que alegrias. Tantas, assinadas ou anônimas, servem de incômodo. Tentei substituir danos por desvios, incômodos por aprendizados, mas o tempo não venceu essa maneira de ver.

Sendo assim, não sei quem, quantos, nem como, alertou da necessidade de contar os pensamentos do jeito que viessem, minha história de vida ocorrendo comigo. Naturalmente, fui um ser escolado e terapeutizado. Quero dizer, capaz de dizer situações e adivinhar quase tudo que minha terapeuta perguntaria em seguida. Pude adivinhar, por exemplo, que perguntaria: você sabe, exatamente, se é fuga, se está fugindo? Que ela inverteria a ordem do discurso e me obrigaria responder não, não sei. E que dela ouviria um pense um pouco e diga depois.

Seria levado ou não ao silêncio, a pensar ou não. Aquilo me fazia esquecer quais coisas coisadas de sangue e sêmen eu queria dizer sublinhando o amor, deixando a sensação de existir algo escandalosamente oculto e imperceptível. Me traía dizendo ela não sabe. Desde o começo, sempre soube. Mas precisei descobrir sozinho. Suplicava atenção, dicas e luzes. Ela se fazia de desentendida e desconversava, a má. Dizia para responder isso, aquilo, aquilo outro.

Eu chegava ao consultório, acenava bom dia para a secretária, respondia simpática, éramos íntimos: me deixava telefonar, devia usar saias curtinhas no dia de minha sessão e eu sentava quase colado a ela, mas não queria ver nada de suas coxas morenas: meu negócio não era com ela. Era com a chefe.

O consultório era pequeno, um apartamento de quatro vãos, a sala de espera maior que o consultório, um minúsculo banheiro, uma ideia de cozinha. Tinha biscuit por todo canto. Corujas, sapos e elefantes de pano e ferro. Fotos de Freud ladeadas por corujas. Uma foto de Lacan vestido de palhaço, ao lado de um Budhinha sorridente e bufão.

Aquele cenário dava a ideia de que seu modelo de pensar e aceitar, digamos, o inconsciente, era agradável e flexível.

Mas, kantianamente enfiado no escuro, no mito.

Eu era o primeiro cliente de dia. Chegava cedo. Se não conversava com a secretária, ficava sem fazer nada, esperando, ou revendo revistas, olhava os quadros bregas e com cenários de Paris, Londres e Tibet. Olhava o prédio ao lado, os buracos de cigarro no sofá de espera. Não mudava nada. Temia por minha sorte, quando desabasse em seus ouvidos a história do espírito ao redor de mim. Até imaginava: que é isso, meu iluminista a vapor? Você saiu daqui tão otimista na última sessão, e vem com crendices, encostos e mulheres imaginárias? Faça um favor e me poupe de tamanha tolice. E olhe que eu sou eclética. E não falo de mim. Você fala de você. Onde está o sujeito metido a sério, arrogante, a ponto de querer intimidar, afirmando que conhece Kant e Hegel na palma da mão, esses dois mundos inalcançáveis, a psicose batendo na porta e a perversão anunciada de achar que a História da Humanidade é apenas uma coisa, nada mais que a coisificação das atribulações internas do humano demasiadamente humano, a guerra? Onde está aquele a um passo de acreditar que sem conflito e sem guerra, sem um lugar de vítima, não existe herói da história, não existe evolução?

É óbvio: ela era preparada, jovem, estava pronta para diminuir os conflitos. Li seu ensaio sobre transferência e mitologias urbanas, e alguns sobre psicose e sonhos. Ela leu Freud, Lacan, Melanie Klein e os cobras do mesmo buraco. Esteve na França por dois anos, se correspondia com gente do primeiro time da psicanálise, mas isso só quer dizer que ficou arrodeando o mesmo abecedário de Freud e Lacan. Usaria o caso do racionalista de imaginação espírita e se tornaria best seller.

Para isso de estar quase na berlinda eu pagava caro: para dizer dos sentimentos impossíveis e inalcançáveis, dos bons e dos maus. Para dizer das alegrias e sustos, assombros e fantasmas, fossem eles criados para escudar minha vida, fossem enviados, como escudos, para atrapalhar.

Chegou atrasada meia hora em sua pontualidade, e me fez pensar por que a ideia de sessão sete da manhã. Passou rápido por mim, bom dia satisfeito, deve ter sido bem comida na noite anterior. Olhou para mim, sem jeito e sem sorriso, foi para o consultório. A secretária correu atrás, não se demorou cinco minutos e voltou. Ela abriu a porta e disse vamos. Esse vamos não engoli desde o primeiro dia: vamos para quê, vamos para onde?

Não perguntava nada, se acomodava na poltrona e ia em busca de meu-me-mim-comigo subentendido. Sentava sempre no mesmo lugar, perto do sofazinho improvisado de divã. Nunca me deitei porque ficava de olho bem aberto, apesar das cadeiras ficarem inclinadas e de um jeito tal desalinhadas que eu só conseguiria olhar seu rosto compenetrado em ouvir se me inclinasse de lado. Não era preciso me inclinar para ver suas pernas bem torneadas e inspiradoras.

Apesar de toda expectativa, eu não fazia as introduções habituais, saltava direto no assunto. O assunto do dia não precisava ser o tema do mês. Saía algo que estivesse naquele momento presente. A conversa parecia longa e chata. A sala parecia tórrida, apesar do ar condicionado. Eu tomava os cuidados habituais, procurava disfarçar minha sensação de desconforto por acreditar na história que estava contando. Pelo sim e pelo não, não se acreditava, por acaso, em mocinhas imaginárias encostadas, ao redor, em jogar caramelo nas ruas, revisitar a farta mitologia de minha infância. Nem sei se foi tal como contei. Nem sei se não passava certa curiosidade pessoal. Se não estaria interpretando os fatos com os olhos do presente, e narrava de um jeito que deixaria implícito, incluso e na vista de todos, uma resposta, tornando cada fabulação minha e de outros, possível de explicação, desde que interpretada.

Que desconforto espiritual? Como é? Você pode explicar?, ela perguntava em voz baixa, terna, calma, distante, tipo não é comigo, sonolento, mas pode contar porque vou ouvir seu sangue e não vou dar amor, não, não. E nem vou chegar perto de seu sêmen.

Sim. Em termos, disse. Não. Na verdade, não, voltei atrás. Explicar como? Posso experimentar dizer que sei de cada palavra, depois unir todas elas e vamos ver se funciona. Depois tento dizer como não sei dizer que sinto.

Primeiro desconforto, segui: ausência de conforto, incômodo, mal-estar causado, no caso. Algo que seja espiritual, melhor dizer, vem do espírito, da alma, ou do além. Melhor dizer, de dentro de mim, das coisas coisadas e coisificadas que sinto. Não sei explicar, daquilo que parecia meu e ausente de mim, que também ficou estranho a mim, mas meu.

Ouviu tudo, não se mostrou aborrecida com o mau humor, na verdade, não olhava para mim. Estava ouvindo atenta, em silêncio.

Se ficasse nas palavras, palavra, não conseguiria dizer. Acontecia de existir uma hora em que aquelas fábulas eram tudo que eu tinha para saber de onde vim e para onde iria. Em outra hora, deveria expulsar tudo, porque tudo era atrapalho, não desafio e oportunidade na vida, era embaraço. Não deveria me esforçar para entender, não haveria resposta, entendimento.

Deveria ter consciência que vivi, passou, agora sou outro, alguém que se modificou, até foi sem querer, foram os dias, os meses, os anos, foi a vida. Não me sinto tão comprometido com as fábulas da infância e os tormentos adolescentes. Atormentavam, agora atormentam, quando demoro entender que se passou dentro de mim, quando não ignoro sua presença, ou sufoco, ou mudo de sentido, e fico mudo. Temia que, se matasse fábulas e tormentos, morreria com eles. Em resumo, tudo isso me aborrecia. Um aborrecimento mais de expressão que de verdade. Vinha como não vinha. Não ficava, nem se espalhava em mim. Era aí que eu vivia.

Isso tudo me aborrecia, ela repetiu uma parte de minhas palavras. Pense um pouco nessa frase.

Que coisa. Caberia um puta-que-o-pariu em voz alta. Puta-que-o-pariu, mulher. Não há nada mais interessante a dizer? Foi tudo que pôde aprender de Freud e de Lacan? Veja que eu disse um pouco mais. Também disse: um aborrecimento mais de expressão que de verdade. Vinha como não vinha. Não ficava, nem se espalhava em mim.

Poderia até pensar que aquele modelo de fisgar um fragmento e insistir nele como a parte menor de uma verdade maior era desanimador. Eu ainda queria continuar falando de muitas outras coisas coisadas de sangue e sêmen que incomodavam e não sabia resolver: medo de escuridão, de multidão, minha relutância de olhar no espelho, minha inconstância em agradar a mim quando me olhava no espelho. E, dependendo de qual espelho, achava que o problema era com o espelho, porque me contaram que os espelhos são diferentes, logo não era comigo: devia ter uma beleza mediana, aceitável e suportável.

As coisas que eu queria dizer vinham de enxurrada. Queria poder dizer que me aborrecia. Poderia dizer: me aborrecia com minha existência, mas não conseguia verbalizar assim, nem de forma cambaleante. Não para essa jovem senhora quase de frente para mim, rosto sisudo, indiferente a algo que vinha como dor, isso, dor, dor da existência, de uma não existência, uma insistência de dor de existir. Que, no entanto, até doía, mas vinha como não vinha. Não ficava, nem se espalhava em mim. Era uma dor que não se espalhava em mim.

Que me diz?, ela se inclinava nas palavras.

Me aborrece, eu disse, essa indiferença que você parece transmitir para as pessoas. Não quero me sentir uma Macabéa. Vou corrigir, disse: você transmitiu para mim.

Macabéa?, perguntou. Quem é Macabéa?

Puta-que-o-pariu, minha senhora. Macabéa é isso, minha senhora. Li o ensaio que escreveu sobre existencialismo e solidão na obra de Clarisse Lispector. Há nele um capítulo imenso sobre Macabéa, incluindo a importância da adaptação para o cinema de A Hora da Estrela. Como vinha perguntar quem é Macabéa? Queria que eu inventasse uma história ou estava curiosa de saber como eu percebia Macabéa?

Macabéa, minha senhora, aquela da dor, que sentia uma dor que era um vazio na existência. Uma dor que se espalhava, sem ser aborrecimento, porque era mais uma falta de saber conhecer e não conhecendo não saber exprimir. E não sabendo exprimir, não sabia que era uma dor. Uma lacuna que o ser humano Macabéa, mulher, pobre, nordestina, pouco importa cada coisa dessa, queria se curar do vazio, que era mais uma pergunta, não uma resposta, tomando melhoral. Uma felicidade que viria da vasta incapacidade de realizar os sonhos no mundo, nesse país, na merda de corpo com alma. A dor que viria quando não temos perguntas e respostas para tudo que vemos e sentimos. Macabéa, personagem de Clarisse Lispector. Você sabe quem é. Deixa de perguntas óbvias, que me esforçarei e darei o melhor de meu sangue, mas você vai ter de colaborar. Sangue meu, sangue seu. Amor meu, amor seu.

Talvez irritada, quando deveria abrir um sorriso, ela fechou o impossível diálogo com sua hora encerrou, acabou a sessão. Cabia um simples dói, uma pergunta. Dói?, deveria ter perguntado. Eu, movido a sair do sofazinho, que levasse para casa a pergunta: por que me aborreço com minha vida? Dói?

Juro que dava para responder imediatamente, quando fui atropelado pela notícia de que a sessão sofreria um novo reajuste e ela estava para decidir se começaria atender oito da manhã. Que eu pensasse na proposta. Dói? Terapeuta não espera nunca que sejamos capazes de responder uma questão tão efêmera imediatamente. Com o tempo, se aprende que assim é melhor: não precisa responder no ato. Dói? Até a próxima sessão pode ser para sempre nunca respondido, então, tem tempo de pensar no que deveria fazer: dizer que atrapalharia, o que poderia ser uma resposta, ou não ficar atormentado, concordar. Era tempo de pensar. Dói? Saí cambaleante e fui ao trabalho.

dezessete.

Indiferença era a palavra que arrastava comigo pelas ruas apertadas, sujas, calçadas esburacadas, fachadas envelhecidas e descoloridas, como se a palavra não fosse minha, fosse da cidade. Minha, sim. Minha e de todos: quem morava, governava, todos os indiferentes, e a cidade se perdendo no tempo, passando sem beleza. Uma cidade bonita, passando sem beleza.

Antes, quando as pessoas diziam para mim que algo era indiferente, eu pensava que era um jogo de palavras, um tanto faz, querendo dizer ora, isso não é relevante para a vida. Posso querer e posso não querer. Se vier, aceito. Se não vier, não choro ou rio.

Não. Indiferença é algo imenso. Cada um tem de encontrar dentro de si o que pareça exclusivo, único, pessoal, e tem de encontrar alguém que consiga ver isso, essa aura, e se apaixonar um pelo outro, encontro de curvas. É indiferença a maneira de olhar dentro de si para as coisas e para as pessoas. Há a pessoa indiferente que a todos olha como massa bruta, igual a todos os outros mortais. Por isso, imperceptível. Por isso, as pessoas olham de volta indiferentes ou com indiferença.

Quando acordava toda manhã, sentia cansaço no corpo, vontade de fechar os olhos, não existir, porque tinha de enfrentar a vida, render o dinheiro para continuar sonhando com as coisas finas e materiais, alimentar o espírito com objetos que impediam de anunciar vazios, faltas e lacunas de minha existência.

Uma ducha fria introduzia a rotina diária no corpo. A pressão da água sobre minha cabeça outra vez amortizava os pensamentos arredios que ficavam me estimulando a fugir, abandonar, renegar um modelo de ser. E ser algo que não saberia o que, e torraria o juízo, porque tem certas ideias que não vem nitidamente: começam assaltando o corpo como chagas, distúrbios e oscilações cardíacas. Delírios e sensação de estar além do psíquico, fora, canalizando outros. Mesmo que não houvesse uma sombra agarrada e colada em mim, atrapalhando minha vida, ela não esteve presente por toda vida. Os empecilhos somados não eram menores ou melhores que os espelhados pela convicção de haver quem estivesse me desencorajando de viver.

Sentia que as pessoas não olhavam para mim porque eu era invisível, indiferente na multidão. Era igual a todos. Pensava, agia, sofria igual a todos. Embarquei de graça na história de ter uma garota imaginária, uma mulher de outra dimensão que andava atrás de mim. Aceitei jogar bombons pelas ruas do Recife, correndo de uma mulher imaginada, que, provavelmente, recusei como último destino, se por acaso continuasse a ser quem eu era.

Um homem mediano. Um homem-massa. Um homem-coisa. Um homem-homem. Uma coisa-homem. Uma coisa-coisa, andando com mulheres que não olhavam para dentro de mim, nem se reconheciam em si. Não viam qualquer aura em mim, porque não viam qualquer aura em si. Não sabiam explicar ou definir que era aura. E, provável, se fossem explicar, achariam graça um homem acreditar em tal coisa. Ou, então, acatariam as explicações desconfiadas, creditando a mim o título de mentiroso. Ou desajustado. Ou viajado no limbo, na fantasia, quando a questão não era nem uma coisa, nem outra. Não era culpa das mulheres, se elas não olhavam e, menos, nem culpa de uma mulher imaginada com todos os repúdios.

A verdade é que havia anos que arrastava comigo essa indiferença. Sofria porque os anos não dobravam antes de quase quatro centenas de dias, isto é, dia atrás de dia, manhã, tarde e noite, hora a hora, minuto a minuto. Raramente, ficamos entretidos vendo o minuto passar. Tudo acontece, para nosso escândalo, devagar demais para sofrer e rápido demais para quando percebermos existirem atrás de nós uma boa leva de anos que fazem acreditar que deva ser importante ter de viver na hora. Ou mais, minuto a minuto. Do contrário, aquele minuto se desintegra e viajamos no tempo, para o futuro, e não voltamos mais para o presente que vai ser o passado. Comigo tinha sido assim: tudo de que me lembrava eram montanhas de indiferença. Nenhum minuto fazia sentido, todos tinham passado, mas insistia como memória aquele cheiro de umidade, aquela sensação de haver um cheiro de vinagre, que associo a umidade, ao odor de passado.

Digo montanhas por pura lembrança de uma passagem da Odisseia, de Homero. A mais famosa passagem da Odisseia, aquela das sereias, as formas mais eróticas e fantasiadas, as mais formosas fêmeas do mundo – não totalmente mulheres, porém, no todo, femininas. Chamam Odisseu para contar qual é a verdadeira história da vida, a verdadeira história de quem fecha os olhos para os dias e cria para si uma meta que deveria se tornar feito heroico, a verdadeira história de quem quer renegar qualquer coisa coisada que haja por trás da razão, mais parecendo um irracionalismo, ou uma enlouquecida razão. As sereias estão montadas em pilhas de cadáveres. Pilhas de vítimas que quiseram ter seu dia de herói da história.

Não posso esquecer que as sereias interessavam, ainda mais quando não conhecia esta história. Na infância, dava por quase certo sua existência no mar, mesmo que difícil fosse encontrar umazinha. Quem encontrasse, poderia ser feliz, pensava.

Os mais velhos não diziam nada sobre a felicidade. Longe disso, falavam que as sereias enfeitiçavam os navegadores, arrastavam os barcos para redemoinhos, onde as vidas corriam perigo, e muitos deles não voltavam mais, deixando mulher e filhos pequenos.

Não tenho certeza. É bem provável que uns quatro ou cinco jangadeiros de Olinda, vinte anos atrás, tenham visto sereias no mar. É muito nítida a imagem de homens falando de peixes e sereias. Quando as jangadas chegavam, minha primeira pergunta era: viram alguma sereia? Ah, é isso que quer saber?, dizia algum jangadeiro. Alguém sempre dizia algo positivo: vi, longe. Hoje não: está frio lá fora. Uma cantou a noite toda em frente ao barco. Caiu uma sem querer na rede e rasgou tudo de raiva.

Uma vez fui passear de barco na praia de Maria Farinha, ao norte do Recife, depois de Olinda. A maré estava baixa. Fomos para um banco de areia no meio do mar, distante poucos quilômetros da praia. Dava para ver as casas e as pessoas do outro lado. Saímos dali, entrando mais um pouco para uma área de água azul cristalina, rasa, que não tinha areia comum de praia, apenas cascalho, cálcio puro. Isso aqui é cálcio puro, vê, disse meu amigo dono do barco.

Foi aí que me lembrei de uma história antiga, que um velho jangadeiro dizia, olhando da praia para o mar, que lá na frente, a leste, havia uma ilha sem vegetação, só areia. Ao contrário do tanto que se possa imaginar, a ilha aparecia com a maré meio alta. Da praia era impossível ver. Tinha água clara e, embaixo, era outra coisa, não era areia. Parecia ter nascido de uma montanha de cascas de lagostas. Sempre que se atrasava na maré e não podia entrar no litoral, pelos canais, o velho encostava a jangada por perto. Via um movimento ao longe. Antes, ele achava que era algum peixe grande que conseguia ir para terra e voltava para a água, talvez tubarão, era perto do canal do rio. Tempos depois, começou ouvir sinais de cantarolado, achou que era baleia pequena encalhando: quando a calda batia na água, fazia barulho. Até que um dia duas sereias ficaram rodeando a jangada, cantando, chamando para as pedras.

Só quem anda de barco pela manhã naquela área durante a maré alta sabe do que ele estava falando. Os bancos de areia são protegidos por intensas circulações de pedras, rasteiras ou salientes, algumas imperceptíveis durante o dia e a noite. Me lembrei da história e fiquei imaginando se aquele era um lugar bom para as sereias ficarem durante a noite, e notei haver certa semelhança do amontoado de cadáveres da Odisseia com as pedras do jangadeiro.

O jangadeiro contava que o frio do mar ficava diferente quando as sereias cantavam. Por fora, o corpo era frio. Por dentro, o corpo ficava quente. Os olhos não viam mais nada: nem terra, nem água, só as sereias, os corpos luminosos, se contorcendo diante de pupilas dilatadas. Não havia céu, não havia terra, nem razão ou medo, somente a música, que não era música: era grito de súplica, de sedução, era hipnótico.

Quando conheci o jangadeiro contando a história, era um velhotinho, anos fora do mar. Logo, a história por volta de seus vinte e poucos anos acontecera no começo do século vinte, quando Maria Farinha deveria ser um paraíso inimaginável, ainda habitada por aldeias de índios e negros fugidos. Eu olhava assombrado para o velho pescador, invejando suas experiências e lamentando tais coisas não acontecerem em minha vida.

Sempre que me sentia interessado por uma mulher, dizia: se eu cantar para ela, ela cantará para mim. Não era um homem que pudesse impressionar contando aventuras, vantagens e riquezas materiais. Que poderia uma sereia querer ver em mim, se na vida faltava ousar, aventurar, encarar a realidade, criar situações de ação em que grandes ou pequenos medos não fossem nada? Ser aquele capaz de fazer chover, tornar o dia ensolarado e não o homem das previsões meteorológicas, apenas anunciando o tempo. Não sei de onde inventei isso de que a mulher não está apaixonada enquanto não cantar para o homem. E depois é necessário cantar para ela – e estimular o canto da sereia.

Penso que se fosse Odisseu, eu teria pulado atrás das sereias. Ou teria cantado com elas. Não pularia. Eu penso que cantaria, cantaria tão alto e amorosamente que as sereias parariam para me escutar. Eu penso que tiraria de mim palavras tão ternas e apaixonadas, frases tão suaves e puras, que as sereias responderiam de olhos fechados e isso seria, em tudo, um canto de amor. Não sei se meu canto teria palavras harmonizadas, versos perfeitos e rimas, ou se seria apenas um canto de uivos, suspiros e gemidos. Se seria acalantado ou extasiado. Eu passaria, sem me jogar ao mar, sem morrer. Eu passaria, sob o olhar admirado das sereias. Eu seguiria, entusiasmado.

Um homem é um homem quando pensa e vive seus limites com simplicidade, humildade, bondade, serenidade, prudência e reserva. Está certo que estive vulnerável a toda a história. Por certo, aquela médium, que incorporava o espírito de um mentor conselheiro e capaz de ajudar nas dificuldades espirituais, percebera que eu era homem-massa, coisado e coisificado, mais sangue e sêmen que amor, com isso querendo insistir dizer que aí havia algo apenas meu em mim de mim, não apenas na aparência. Coisas básicas, continuavam iguais, como o medo, a dúvida existencial e a navegação sensorial. Basta saber um pouco da vida e pôr uma história sobrenatural sobre nós e, eis o homem. Quem poderá dizer científica e racionalmente que não, que eu poderia ser mais?

Diante de Deus, e da vida após a morte, da filosofia e da ciência, incluindo ainda todas as religiões, só se pode falar de relutância ou de entusiasmo. Ou silenciar. Quando há provas, há dúvidas. Posso aceitar mistérios, misericórdias e milagres. De toda maneira, a indiferença existe, penso, se não estou pensando errado. Fantasia demasiada de um mundo que exista talvez e não possa incomodar tanto a ponto de mexer em minha vida. Quer dizer, mexia nos significantes, assim mesmo: significantes. Isto é, nos sonhos que vinham mais de meus pais mais que de mim. Nos sonhos que meus pais tinham para mim e valiam mais para eles que para mim. E eram colhidos, em minha reflexão, por algumas notas de dinheiro diante da loja, comprando mais caramelos. Naquele instante, não custava tentar e amortizava o sentimento de que, assim, iria diminuir a indiferença das pessoas comigo, tentando cortar o suposto mal pela raiz.

Se pareceu que estou dizendo que meu lugar de vítima vinha das esperanças de meus pais comigo, não é nada disso. Meu lugar de objeto de minha história se construiu nos significantes de meus pais, mas a indiferença que estive construindo vinha da maneira como recebi esses significantes como um lugar confortável para construir meu modelo de herói de minha história, isto é, como aquele que quer vencer como vítima do destino. Como aquele que fica tranquilo em seu lugar de vítima e acha que é possível ser herói de sua vida agindo como um perseguido, arrodeado, contido por dores que não saber explicar e está bem assim, vivendo uma vida sem sentido. Volto a repetir: o destino não é tão somente oportunidade: é uma questão de escolha. Também é uma oportunidade, mas é preciso escolher. Se esperar, não acontece. Só acontece se tentar fazer acontecer. O destino talvez não exista. Para tornar algo realizado é preciso fazer algo. Para mudar algo na vida é preciso mudar a vida. Tudo que fazemos ou não fazemos na vida se acumula. Um acúmulo de coisas agradáveis ou coisas desagradáveis. Um acúmulo de dores para viver no lugar de vítima e deixar que a vida se faça por ordem do destino, como se estivesse escrita através de votos e contratos inalteráveis ou uma série de ações determinadas a erguer um herói que saiba fazer seu caminho.

dezoito.

Fui um homem de movimentos moderados. Não é uma definição precisa, nem diria madura. Moderado no sentido de dizer vai com calma, sem se sentir atropelado pela palavra movimento. Agia com cautela, penso. Vivia colocando minhas situações de vida em circunstâncias ponderáveis e pensadas. Quando dialogava com amigos sobre a história que me entristecia e assombrava, recebia expectativas e impressões, não saía do sério com a opinião de ninguém. Se ia na terapia ou estava sozinho, buscava saídas racionais, em minha pretensa ideia de estar buscando razão, no lugar em que o desejo cantava como sereia, a ponto de me lançar ao mar e me afogar, se fosse necessário. Mas, como disse, não deixo a dor se espalhar em mim. Se o canto da sereia era desejo, eu cantaria o desejo.

Voltei a procurar a médium. Desta vez fui na casa dela. Levei uma hora para entrar na casa porque havia um carro estacionado na frente. Não pretendia me expor a ridículos, ter de cumprimentar quem não conhecia e poderia perguntar depois a alguém da família qual era o caso. Alguém que soubesse ou ouvisse atrás da porta, querendo criar um clima de confidência, poderia dizer algo de sangues derramados. E, mais adiante, essa pessoa cruzar comigo na rua, no teatro, por exemplo, ou no shopping, sair contando minha história para outras pessoas. Tipo, vê aquele? É fulano. Um homem-coisa. Um coisa-homem. Um coisa-coisa. Um homem-nada. Apenas sangue, sangue e sangue. Nenhum amor. Outro dia, eu estava em um lugar que recebe espíritos... Meu fim. Uma historiazinha de obsessor na boca do povo, obstruindo, mais ainda, minhas dificuldades. Não deixo a dor se espalhar em mim, mas sou discreto.

Voltei a procurar Noela. Fui bem recebido pelo marido, que estava mais gordo e mais satisfeito com a vida. Comentou algumas notícias da televisão, pediu para sentar e esperar um pouco, e não esqueceu de perguntar quanto valia a casa, ainda queria vender e mudar de bairro, talvez para mais perto da praia. Morar perto da praia é bom, sempre dizia. Insistia que eu desse um valor para a casa.

Respondi vago, uma vez que não era meu negócio. Pedi que comparasse com o preço de outras casas do bairro, mesmo tamanho e condições. Consultasse uma imobiliária, visse valor de mercado, coisa que qualquer pessoa sensata faria, desconhecendo o assunto. Não tinha importância: perguntava para puxar conversa, recontar sua história de como chegou ali, vindo do interior, sem se importar quantas vezes a repetira.

Eu não ficava entediado. O tempo passava, fui ficando tranquilo, fazia perguntas sobre o mentor, sobre os visitantes – eram, na maioria, mulheres e eu não deveria chamar de clientes, por razões óbvias: ninguém pagava nada. Em outros lugares, dizia, também se falava que nada era pago, pelo menos consulta, mas havia uma quantidade de outras coisas: velas, incensos, flores, bebidas, potes de oferendas que eram doces de frutas, lavandas, tudo valendo dinheiro. Perguntei quem estava com o mentor.

Uma médica, bonita, disse. Tem vida própria, boa e educada. O noivo não para de sair com outras mulheres, o desgraçado ainda diz ter ciúme dela e ela acha o meliante bonzinho e maravilhoso, disse, com um tom arrastado e demolidor.

De Recife?, perguntei.

De Boa Viagem, contou, querendo marcar uma diferença geográfica. O noivo que veio com ela é que é sem qualidade, disse. Chegou desconfiado, ficou sentado onde você está. Perguntei quanto valia a casa, ele disse que mocambo nessa área vale pouco, era do ramo, entendia disso. Eu disse na hora: você é do ramo e não sabe quando vê uma casa de família. Ele engoliu as palavras, com medo do olhar do outro. Mudou de assunto. Disse que o motivo que o levara ali era tudo armação, a noiva o arrastara para alguém dar conselhos. A noiva entrou primeiro, disse, ele ficou angustiado, ansioso, comentou que veio para agradá-la, tinha marcado com uma cliente em Olinda. A noiva saiu, ele entrou. Ficou sozinho, não demorou dez minutos, saiu. A noiva perguntou como foi, ele disse estar tudo bem, tudo limpo, com ele estava tudo bem.

Ela vem sempre aqui?, perguntei.

Duas vezes por semana, no mínimo, contou. Não vai mais em centros. Conversei com o mentor outro dia, ele disse que ela está cega: tudo que aquele homem faz ela fecha os olhos.

Se dizem que fez isso ou aquilo, ela diz que não iria se enganar. Está convencida que alguma outra mulher tenta afastar o noivo e é por isso que ele anda tão distante. O mentor foi categórico: não existe nada. Ela teima vir aqui dizer tudo que acontece entre os dois: brigas, desencontros, fatos, para no final sempre solicitar ao mentor que olhe mais uma vez se não há algo feito para aquele homem agir de maneira tão distante.

Pensei que cada pessoa escolhia para si uma verdade. Talvez uma verdade ferida. Algo para doer, para seguir doendo durante a vida. A consulente alheia e aflita procurava algo inevitável para que pudesse se sentir bem no mundo: sua felicidade. Tinha muito sangue e talvez sêmen, mas amor, amor, não. É claro que a história, contada assim por um terceiro que não gostava do outro, poderia merecer uma atenção redobrada na hora da opinião, embora não devesse esconder a provável cor de felicidade que deveria haver, mas não havia, no rosto dela.

Eu estava errado. Ela passou por mim, deu boa noite e não me reparou. Eu continuava sem chamar atenção. Ela passava uma cara de felicidade, segurança, era bonita e estava em paz. Li o título do livro que carregava debaixo do braço, os ensaios de Baudelaire sobre a modernidade. Uma médica, lendo ensaios extraordinários sobre arte e mudança do gosto estético, envolvida com crendices populares, um noivo que desconheço por qual motivo estava, entre aspas, a seu lado, sem a compreender ou dela gostar.

Nada diferente de mim, pensei. Pouco antes estivera diante de uma revelação, embarquei em detalhes fantasiosos de alguém, somei todos os excessos da história de minha vida, da qual o mais de tudo é estranho. Passei achar que as mulheres me rejeitavam, ignoravam, nada viam de interessante em minha figura. De modo direto, específico, tantos anos. Solteiro, boa quilometragem de leitura, algumas doses de compreensões do mundo. Longe de ser pobre. Amigos influentes, outros, nada na vida. Fazia terapia, crente e descrente, sentado, aguardando minha vez.

Vai lá, disse o marido. Chegou sua vez. Pense no amor, na compaixão, na paz.

Tive vontade de ir embora, esquecer a história. Fingir que não aconteceu nada de estranho. Fazer de conta e levar a sério que não era comigo e voltar para a vida normal. Uma vida sossegada. Sem paz, com sangue. Pouco sêmen naquele momento, nenhum amor. Homem-coisa. Um solitário no cio esperando acontecer algo de estranho, capaz de abrir meus olhos para tudo que viesse reger os seres humanos, tudo que fosse além do sexo, além da experiência homem e mulher. Algo que não sabia como era. Sentia existir nas pessoas que vivem juntas e conseguem criar coisas. Pessoas que vivem situações juntas estão felizes e parecem mais gente, mais próximas de entender que seja a humanidade, o humanismo, a razão e a emoção agindo como algo uno.

Entra, meu filho, disse a médium. Como vai? Parece triste.

Boa noite, mais uma vez falando naquele tom de fracassado. Na verdade, falei, nem sei por que estou aqui. Não acredito em nada dessa história. Chego a achar que tudo não passa de uma farsa. Melhor dizer, uma fantasia.

Foi você quem criou, meu filho, disse a médium, sem parecer rude. Claro que é uma fantasia. Mas não quer dizer que não exista nada a seu redor.

Na verdade, se permite a franqueza mais uma vez, falei, não consigo acreditar na história, embora a tenha levado tão a sério a ponto de ela atrapalhar minha vida. Aceitar um fantasma rodopiando meu juízo, disse, acho que foi algo demais.

Não quero que acredite em mim, disse Noela, agora falando pelo mentor. Para mim, não há nenhuma diferença se acredita ou não. Se vem, vem para falar comigo. Se não vem, entendo. Como você poderia acreditar em algo tão distante de você? A vida material exige pensamentos e crenças aonde a matéria, a possibilidade de tudo virar matéria, seja a verdade. Não espero que você acredite. Peço que você, por favor, dê os pequenos passos para que consiga sair da trapalhada. Não pedi nada demais, pedi?

Jogar uns bombons pela cidade não é nada demais?, perguntei.

Pedi para limpar a memória, filho. Foi isso que pedi, respondeu. Os bombons são alternativas, escolhas, ou consequências.

Quero esquecer tudo isso, disse e havia uma ponta de angústia. Foi um sonho, um sonho, um sonho, está acabando, graças a Deus.

Conversei com a mocinha, comentou Noela. Toda essa memória que você não limpou acabou puxando uma pessoa de verdade. É uma pessoinha fraca, espírito pobre, sem força de vontade, fica dependendo dos outros. Se matou, meu filho, por isso, fica andando sem estrada. E tem mais. Só não sei se você está preparado para saber, porque você parece tão certo de que a mocinha existe sem história por trás de sua existência.

A história mudava de sentido. Se era certo que eu cultivava uma mulher imaginária me arrodeando o juízo, se era certo que essa mulher existia em outro plano em parte porque tornei sua existência possível, em parte porque se aproximou de mim por acreditar que meu modelo de pensar era adequado a sua presença, agora, a médium dizia que tinha conversado com a garota, que ela existia de verdade, dizia algumas coisas sobre aquela que parecia irreal, e era, e alertava que, talvez, eu não suportasse a história, porque a história era o fato e a maneira de contar a história.

A essa altura, eu disse para a Médium, acredito que, seja lá que for, não deveria piorar ainda mais.

Piorar?, perguntou. Não vejo nada de pior em sua vida, não apenas comparando com a vida de outras pessoas, mas vendo você em comparação com você, disse. Acabou que quando joga os confeitinhos na rua, você está alimentando a moça e não só ela, meu filho: ela arrasta com ela uma criança. Morreu junto dela sem querer.

Não diga isso, falei, consternado.

É verdade, disse. É uma história triste. Se você quiser ouvir a história, se você tem tempo para saber o quanto as outras pessoas sofrem no mundo...

Deveria dizer não. Não é de minha conta. Eu sabia bem o que era sofrer, mas não queria ouvir o que ela queria contar. Sem conseguir dizer não, apenas alertei para o tempo: pretendia voltar mais cedo para casa. Não consegui dizer isso não é comigo.

Existe, disse, sem dar atenção a minha falta de tempo, uma mocinha que anda por aí arrodeando você. Que ela exale odor de mulher e isso afaste as mulheres de você, disse, isso é outra história, mais parte de sua invenção que da verdade. Foi a maneira como você também resolveu ser pobrezinho da vida que leva e da maneira que pensa. A interferência dela não é física. Não gosto de falar de energia porque esta palavra é uma banalidade na boca de todos, mas, vamos lá, ela é uma energia descontrolada, arrodeando você. Ela espera algo que nem saberia dar nome, embora o sentimento seja amor. Que interfere, disse, interfere, mas o resto é com sua cabeça.

Está bem, eu disse, quero ouvir. Tenho todo tempo para ouvir.

Essa mocinha que anda com você morava na cidade, continuou a médium. Como todo mundo, tinha vida e história. Tinha existência real e sonhos nem sempre possíveis. Era da banda de Olinda, na favela da Ponte Preta. O rio ali é sujo, sem graça, e a mocinha sonhava viver melhor, ganhar um dinheirinho. A mãe quando era mais jovem fazia faxina, depois passou o trabalho para as filhas mais velhas, e ficou lavando roupa em casa. O pai era carroceiro, desses que sai apanhando vidro quebrado, ferro velho, jornal e revista. Saía de madrugada e voltava tarde da noite. Uma noite antes do dia de natal, o pai dela chegou em casa com uma árvore de plástico surrada que alguém deve ter jogado fora com um montão de cartões de anos passados. Armaram no centro da sala, esperando a noite.

Que incrível essa cena, disse.

A garota tinha outros planos, continuou. Tinha feito faxina na casa de uma senhora, o filho da casa apareceu com um amigo. Enquanto o dono da casa tomava banho, o amigo marcou encontro com a garota na parada de ônibus do mercado, onde esperaria por ela. Ela sabia que nesses programas não tem sentimento: o homem quer que entre no carro, vá para o motel. Quer que tire a roupa, goza dentro dela, quase sem tocar no corpo. Sem beijo, abraço, sorriso, carinho ou tempo. Na maior parte dos casos, não leva para o motel, leva para a praia. Pede para ela fazer tudo com ele. Ela pede para ir com calma, depois do manda ver. Os rapazes não querem perder tempo. Daquela vez, ela queria fazer tudo certinho e diferente. Um certinho e diferente do jeito dela. Queria sair com o rapaz, engravidar, ter filho, entregar a criança para a família do pai criar e fazer ligação de trompas para ficar livre de preocupações regulares, como dia fértil, pílulas anticoncepcionais, para começar na vida de garota de programa – tinha até conhecido uma mulher que prometia clientes e um apartamento para dividir com outras mocinhas de sonhos e planos. Daria para ganhar algum dinheiro. Seria trabalho das oito da manhã até duas da manhã do dia seguinte. Jogadores de futebol, viajantes, vendedores, homens indiferentes.

Entendo, disse.

Ela tinha outras opções, continuou, mas era uma jovem que criou suas astúcias. Imagine que pensava, caso o emprego de garota de programa não desse certo, arrumar emprego na casa de pessoas ricas. Logo se metia com o dono da casa ou algum filho. Iria umas três vezes para a cama, e nesse período ficaria o tempo inteiro dentro de casa, para não parecer que andou saindo com outro homem. Depois diria que estava grávida. Sabia que qualquer um gostaria de sair da situação, daria dinheiro para ela resolver o problema, até ir embora.

Sim, disse, era astuciosa.

Tinha tudo planejado, quando entrou no carro do rapaz, disse. Fizeram na praia e andaram se encontrando mais vezes. Mês e meio depois sentiu que estava grávida, guardou segredo por três meses, quando começou a ficar com o rosto arredondado e ganhar peso. Nesses meses, tomou o cuidado de procurar o rapaz, sempre, facilitar intimidades, fazer dele amante. Mas não havia amor, como você costuma pensar, havia sangue e sêmen. Depois disse que estava grávida. O rapaz ficou alucinado, não queria filhos com ela. Tira, ele disse.

Puxa. Que situação, falei, espantado com o tamanho e o desenrolar da história.

O tempo passou, disse, a barriga crescia, ela sem assistência médica, a ira dos pais que perguntavam de quem era e ela não respondia. O rapaz sumiu, mas ela sabia onde morava e ia contar para a família dele. Ficariam escandalizados, exigiriam alguma coisa que provasse que o rapaz era o pai, e ela diria que era só esperar para ver o menino nascer.

Puxa. Que situação, repeti, ficando sem saber que dizer e me perguntando até onde chegaria a história.

Tudo bem tramado, continuou a médium, começou a dizer para os pais que o filho era de uma pessoa de bem, não era qualquer perdido. Os pais desconfiaram, porque pessoas da comunidade andavam comentando que ela foi vista várias vezes saindo com um homem perigoso, desses que passam a vida entre traficantes, fugas e prisões. O rapaz, na hora h, diante da família perplexa, não negou que havia saído com ela. A família queria silêncio, um fim para a história, o garoto tinha uma namorada a sério, família conhecida e amiga, e era desses namoros que gostariam de ver nascerem netos. Não negou ter saído com ela, mas duvidou que fosse seu. Antes de ela repetir pela enésima vez que era esperar para ver a cara, ele disse que ia pedir um teste de paternidade. Ela não sabia que era, ele disse que não sabia como era feito, mas comprovaria se o filho seria seu ou não. Seria o mais certo, disse.

A mocinha, disse, cheia de aflição, julgava que a cara dos bebês era tudo igual e, no fundo, todos são parecidos. Só não daria certo, pensou, se sangue de homem fosse tudo igual, ingenuidade, pedindo aos santos proteção para a infelicidade de o menino ser filho de outro, de moleque-homem-bandido com os dias contados. Se fosse, até faria a ligação. Dificilmente ficaria com o filho para criar, coisa que rejeitava. Também não era desumana a ponto de pensar no filho morando sem o auxílio de parentes, pais, avós, tios, família, gostasse ou não gostasse. O menino nasceu e, para sua infelicidade, era do outro mesmo. Só ela sabia, enquanto o rapaz pulava enlouquecido de felicidade após meses de aflição.

Imagino que tensão houve em tudo isso, para ela e para ele, disse.

O pai do menino morreu uma semana antes dele nascer, disse a médium, esfaqueado enquanto dormia bêbado numa pensão dentro da Ponte Preta. Fez uma orgia com amigos, dormiu com algumas molecas da comunidade. Deram a ele bebida com comprimidos para dormir. Talvez tenha usado drogas, como é comum, com pessoas agindo como ele agia. Conta a lenda que um pai enfurecido, aplicou dez facadas nele.

Que história é essa, meu Deus?, disse. Qual vai ser o fim?

Toda história tem fim, consequências e sequências, disse. Ela soube da morte do homem em casa. O menino nasceu e era cópia xerox dele, mas ela tinha certeza de que não poderia ser filho daquele homem, mas do outro rapaz. Ficou com o menino, foi para a casa dos pais e desistiu de trabalhar como garota de programa, aceitando algumas faxinas e distribuição de panfletos nos sinais. Quando o garotinho estava caminhando para os quatro anos, ela o pegou no braço e saiu caminhando. Cruzou as avenidas, ainda dia cedo, seguindo pelo mato para a praia Del Chifre. Das brincadeiras no caminho, entrou rápido na água, se abaixou, morrendo afogada com a criança. Essa é a história.

Não sei que dizer, falei. Sou arrodeado por uma garota triste, que não viu futuro para sua vida e se desesperou. Não sei se consigo dizer que nada disso tem a ver comigo. Não consigo ser indiferente.

Você precisa saber de uma coisa, disse a médium. Quando for meia-noite ou meio-dia, não sei explicar o motivo, poderá ver a mocinha, repentinamente, levando o meninote de jeito bonzinho pelo braço. Não se assuste, sorria.

Saí mais impressionado. Era uma história longa. Uma história triste. Uma história que estava me arrodeando, como parte de mim. Certas palavras que o mentor havia falado até eu pensaria falar duas vezes. E ele falou, sem receio. No ponto final, quis perguntar se espírito mente, se tem capacidade para montar um enredo daquele tamanho e complexidade. Fiquei calado. E ressentido com a possibilidade de toda aquela história existir apenas para me impressionar.

Deveria dizer que estive ali por educação e também por carregar a dúvida se era certo pensar como pensava, nada existia, e estava sendo levado por aproveitadores interesseiros em atormentar qualquer um que aparecesse em busca de respostas precisas de como revelar os caminhos da felicidade eterna e da vida sempre alegre e harmoniosa. Fui para dar um até logo, foi um prazer, passar bem, tchau, adeus, até nunca mais, estou de volta a meu materialismo de cada dia. De volta ao racionalismo. Não sabia como me tornar herói de minha vida, nem como sair do lugar de vítima, mas eu cantaria para as sereias, não deixaria me afogar pelo canto do destino.

Saí mais endividado com a vida, embora fosse certo que a garota-espírito e seu filho-espirito não estavam diretamente ligados em mim, mas, isso sim, a minha fraqueza, ao voto de feiura, pobreza, escassez e pequenez. Ou a alguma promessa de exalar odores fedorentos ou repugnantes, como são para mim os odores de umidade e de vinagre.

Não bastava arrastar por aí alguém que não dava espaço e, depois de ouvir tudo, ainda andava acompanhada de um filho? Nesses momentos, supunha, queremos saber das escrituras, se estava tudo previamente estabelecido e não restaria pensar mais nada sobre a existência.

Ao contrário, achava, o movimento era de expansão, crescimento. Não caberia lançar sobre mim a culpa de minha existência que, sozinha no mundo, buscava estar em permanente luz. Mas qual luz? Estava farto da palavra luz. Levava aos iluministas – luz, quero, luz, alguém disse que foram as últimas palavras de Hegel antes de morrer. Outras referências para luz me pareciam modismo oriental, psicologias de feira.

A que eu queria, a mais intrigante, era a luz pura. Durante anos debochei da luz pura, sem me preocupar de perguntar a algum físico se luz pura existia. Nunca perguntei, mas uso a expressão luz pura quando peço para transformar pensamentos, emoções e afetos destrutivos em algo bom, algo, digo, como luz pura.

Tudo bem, penso como neurocientista nas horas da travessia. No começo sou bem humano. Antes de dormir, ainda mais humano, precisando de oito horas de sono, quarto escuro para o cérebro poder processar fisiologicamente, não apenas por imposição de palavras e emoções, a limpeza de minha mente.

Por Deus, pedi para não a encontrar de frente. Falo da garota-espírito e do filhinho-espírito. Não conseguiria sorrir como o mentor pedira. Faria cara de aborrecido para mostrar que a brincadeira tinha ido longe demais. Fiquei com o carro parado, escolhi um lugar de pouco movimento, a Praça da Bandeira, na Madalena. Meia-noite e não consegui ver nada. Minha curiosidade aumentava desde o minuto em que soube que ela tinha um moleque, morreu afogado, sem consciência de nada, poucos anos de vida no mundo. A vida do menino sequer começara e virou tragédia: o pai morre na semana no tempo de seu nascimento. Veio para ver pouco e morrer cedo.

Queria contar a história para alguém. O repertório para os amigos esgotara. Na verdade, era restrito. Insistir não dava mais. Com certeza me chamariam de maluco, acentuando um ei, você que é psiquicamente bem produtivo se livra do flagrante de depressão-melancolia. Precisa criar novos interesses, tipo festas para homens executivos, restaurantes cheios, carnaval fora de época.

Havia uma garota nova na empresa, recém-chegada. Pensei dar boas vindas convidar para sair e, necessitado de contar a mais alguém minha história e ouvir outra interpretação, insistiria no convite. Como poderia esperar, disse não. Foi gentil. Não esqueceu de dizer que era casada, o marido estava chegando, iria trabalhar conosco. Via em minha conversa que não seria um jantar de negócios, nem boas vindas: era cineminha, jantarzinho e tentativazinhas. Concordei que seria tudo isso. Riu, achou engraçado, e não pude desejar mais que bem-vinda ao trabalho e muita sorte. Apenas neste caso, esqueci do não posso, não dá, associado ao encosto. Ou, a partir de então, os encostos.

dezenove.

Não me controlei durante a noite. Andava agitado, entrava em lojas, bancas de jornal, livrarias. Liguei para alguns amigos e perguntei sobre as novidades. Fui ao cinema sozinho e encontrei outros amigos, na entrada, antes do filme começar. Conversava para saber como estavam de vida, todos aparentemente bem, falando de todo mundo, nada de nós, deixando derrapar algumas tragediazinhas que tornavam alguns dias simplórios e difíceis. Sangue, sangue, sangue. Sêmen, sêmen, sêmen. Quase nada de amor.

Alguém teve a presença de espírito de dizer que Recife andava entristecida e nos arrastava para o túmulo. Pela primeira vez, uma associação alheia a minha convicção e notória agitação interior, de resistir circular pelas ruas do centro da cidade, lançar caramelos nas esquinas para afugentar a alma penada que me mantinha sobre marcação cerrada. Alguém mais percebera a cidade destruída, empobrecida e feia. Não eram apenas os governantes e funcionários que deveriam tratar de manter tudo em ordem: era o espírito da gente, voltado para dentro de casa, sem importar o conjunto e os demais, sem olhar para fora também.

Entre o desejo de perder a garota, agora o de também alimentá-la, sair da situação vergonhosa, comungada só com três ou quatro pessoas, e amargar a necessidade de nunca mais passar por aquelas ruas e becos, percebi que naquela parte da cidade faltava o brilho de alguns anos atrás. A cidade estava escura, escuridão de abandono, centenas de pessoas amontoadas nas calçadas esburacadas, transmitindo a sensação de impotência e incalculabilidade da vida. Será que não queriam, nem por um momento, desejar que a vida fosse mais que aquele desmantelo feio? A vida era algo mais em algum lugar que não aquele, e outras pessoas sabiam disso.

Aquelas sensações esquisitas me comprimiram durante o filme. Era para ser uma comédia. Não via, nem ouvia nada, exceto pequenos detalhes, quando o público ria satisfeito. Ficava atento. Voltava ao mundo. Também já havia rido de bem com a vida – fazer o quê? Agora ria de medo de mim. Temia ser mais um na situação de fingir estar na cidade vivendo, trabalhando. Na cidade que inspira a pior poesia a suportar: aquela que fala do caos e do obscuro, do cosmopolitismo sem controle e suas horrendas caras. Engolindo pessoas, mastigando, triturando, defecando nos metidos, em forma e pele de monstros mutilados. Sem dentes, sem partes dos corpos. Cobertos de enfisemas, esquisitices, chagas, tumores e cancros. Carregados de doenças pré-históricas – tuberculose, diarreia, giárdia, ameba, erisipela, filariose, sífilis. Convivendo com populações nojentas de muriçocas, moscas, ratos e baratas. Vestindo roupas surradas, puídas, malfeitas. Roupas sem estilo e cores berrantes, desencontradas. Comidas sem sabores, sabores sem senso de exagero: cheiro de colorau, cominho, óleo queimado. Tudo que não deixava disfarçar a miséria. Conversas sobressaltadas sobre doenças e assaltos. O destino amaldiçoando de todos, de todos que ali viviam.

Onde estarão as pessoas agora?, perguntava, enquanto o cinema desabava de rir de um homem que caía da escada sobre um bolo de noiva. Ora, que é a incalculabilidade da vida? É o sujeito ter o mundo inteiro para nascer e, por tragicidade, cair em uma cidade onde a fraternidade é nada, as diferenças sociais parecem emanar do destino, e só? Onde a sociedade dos homens parece inexplicável, uma racionalidade que não humana, natural, divina? Seria coisa de Deus escolher quem deveria sofrer e ser feliz na Terra, isto é, no Recife, no exílio, distante do paraíso divino?

Deus esperava muito de meus atos, se não todos, digamos, da maioria. Ou então me castigava por coisas que desconhecia. Talvez soubesse alguns motivos para o castigo. Castigo divino nunca foi tema de difícil diálogo. Gostaria de ter oportunidade de perguntar como eu poderia ser quem não conseguia ser, quando era ingênuo diante do mundo, fingia não ser pobre sem nenhuma sabedoria, vivia oprimido ou assustado?

Senti a força dos valores distantes de mim, eu parecia estar a caminho de me encontrar. Talvez, também soubesse existir a possibilidade de Deus confiar em mim: era trabalhador, acordava cedo, enfrentava a rotina com determinação, não dava mole, era focado e, aparentemente, driblava o instinto riscado por meu pai e por minha mãe – ou o destino – de não dar certo na vida. Toda vida vem rabiscada, antes, pelos pais. O significante. Pensava, pensava mal, pensava para baixo, infeliz, que tudo isso, fosse ou não questão de destino. Morar no Recife seria não dar certo na vida ou não saber as múltiplas faces de como é a vida. Pensava que quem nasce tem mais oportunidades de não dar certo na vida. Nascer é vir riscado.

vinte.

Quando era menino, a sensação de não dar certo na vida era estranha e assustava. Assusta ainda hoje, toda vez que eu queira olhar mais para frente e obter a resposta se o tanto que estive fazendo, se qualquer ato, ação, desejo, levou a um caminho que não saiba explicar – se era meu, para mim, se era aquele que eu queria, se era de outros, se era o merecido. Perguntas vinham com respostas, respostas que não vinham da maneira que eu queria, como imagens em cores: eu, feliz, além de mim, eu, comigo, e os outros.

A época de criança feliz, todo mundo sonhando com que vai ser e acreditando em dias melhores, é um espetáculo de esperança vivida para a maioria das pessoas. Não para mim. Fui criado por velhos e toda noite rezava para que não morressem, pois me deixariam sozinho no mundo. Rezava pela imortalidade deles. Agora sei que rezava para manter o pouco de família que havia, eis tudo: uma criança aflita por não poder aproveitar sua capacidade mínima de sonhar o futuro e viver indiferente aos atropelos e infortúnios da vida no presente. Vivia assustado, submerso em minhas angústias e timidez e posso resumir as mesmices em uma busca de respostas para saber se era preferível viver com minha mãe e meu pai, se era preferível, diante de uma escolha impossível, ter nascido ou não nascer. Estava diante da incalculabilidade. Devo dizer, sangue, sangue, sangue, não apenas no sentido da figura, mas na alegoria de pintar uma cor sobre outra cor.

Ao mundo, parece que fiz uma opção ensaiada, ficar com minha mãe e meu pai, irmãos e parentes, família – embora, arrogantemente, sempre me achasse superior, indiferente, fora de lugar, outro, de passagem.

Hoje reconheço: a opção foi feita, não pensando em mim, mas pensando neles, minha mãe e meu pai, que tinham acumulado uma vida de perdas tão impressionantes como devastadoras.

Se o fato de hoje, ter o semblante de eterna tranquilidade e missão espiritual cumprida, significância de uma vitória, é imperceptível, é porque as missões espirituais cumpridas não querem dizer tanto quanto uma vida material segura. Meus pais por duas ou três vezes estiveram no princípio de uma vida material tranquila e sempre perderam quase tudo. Pela ingenuidade. Por acreditarem que toda bonança é uma fantasia. Por se tornarem medrosos diante das expectativas de prosperidade. Talvez obra do destino ou incapacidade de dar importância para as cobiças materiais, embora suas queixas da vida fossem de uma enormidade que não os deixava sossegados.

Conheço dezenas de histórias de mulheres e de homens a quem são atribuídas invejáveis indiferenças diante dos acasos que o mundo proporciona e das cobiças materiais das sociedades dos homens. Ninguém mais que meus pais souberam ser tão humanos: razão, emoção, vida, de forma tão imbricada que avassalava em um turbilhão de sentimentos contidos ou vividos.

Não digo que tivessem paciência para transmitir, ensinar e passar um plano de vida sustentável e harmonioso. Foi com eles que percebi muitas coisas. Que a vida é para ser vivida. Se deve amar com intensidade e ajudar sempre quem peça ajuda. Não sigo sua opção de vida para tudo, não tenho sua grandeza. E, a bem da verdade, renunciei a qualquer voto, acordo, promessa, contrato, palavra de pobreza, lamentação, ressentimento e rancor.

Deus, porém, isso percebi, deve ter transmitido a mim certa sensação maternal de ter levado, sempre, alguém nas costas e de ter sido, sempre, alguém nas costas de outra pessoa. Uma matemática do mais com menos, e o resultado foi a invisibilidade, o desejo de sumir sem morrer. De estar e não estar. E a recorrente impressão ou indignação de me sentir incomodado por estar incomodando. Alguma coisa da incalculabilidade da vida. Ou isso: sangue, sangue, sangue.

Invisibilidade e indiferença. Sangue, sangue, sangue, sem amor. Eu, vivo e invisível. Eu, andando pelas ruas, trabalhando e pensando, invisível para as outras pessoas. Eu, vivo e carregando a sensação de que minha invisibilidade parecesse algo do destino: nasceu comigo e não cessará até quando alguém disser: morreu, acabou, se fodeu. Isto é, a invisibilidade eterna, o esquecimento.

Deus, naturalmente, sabe de tudo. Como sei que aos olhos dele nada escapa, tenho a impressão que pôs em minha frente imensos muros. Deveria transpor cada um, tornar minhas ações e insinuações uma luta contra o destino. Fiz mais. Renunciei a todo e qualquer muro que tenha aceitado como desafio de vida. Também acredito que agi da seguinte maneira: dei o destino e o destino foi flexível. Tive de transpor os muros, primeiro em minha mente e depois dobrar o princípio da inalterabilidade da vida, a incalculabilidade. Dobrei o destino. Pulei os muros, entrei no terreno da felicidade, tornei o fantasma visível para mim. Antes, não me preocupava mais em detectar onde havia culpa ou não culpa da vida. Me esforçava para participar da vida, para mostrar o especial de mim dentro de mim, diferente, com personalidade. E conseguia ver as outras pessoas com suas peculiaridades e diferenças.

Os muros são obstáculos fantasiosos. É preciso encarar de frente, sem temer. Se, por acaso, não tivesse ultrapassado alguns, ficaria com a sensação de ter perdido algo que não poderia perder. Como aceitar a incalculabilidade, quando o muro estava associado a uma história, e seguia além de minha capacidade de entender e modificar, quando aparecia associado a sentimentos de invisibilidade e indiferença que tumultuavam o ser humano nesse mundo?

Antes de pular, antes de tentar escalar, era preciso renunciar a todo e qualquer acordo, voto, promessa, missão, palavra empenhada ou contrato de passar a vida tentando escalar muros medonhos de altos, ásperos, difíceis e, alguns, intransponíveis.

vinte e um.

Pela primeira vez na vida recorri a um calmante. Não sendo nada de diferente, exceto a sensação de que não era mais tão forte física e psiquicamente como antes. Desde pequeno ouvia que os ansiolíticos eram destrutivos e maus para a saúde. Era tomar um e querer o segundo, e o terceiro, o quarto, e a vida ficaria difícil, crescendo a dependência a uma droga que age direta no cérebro, desfocando, desligando da vida. Usei ansiolítico para me expressar sobre várias drogas que surgiram para domar os estágios mentais de dor.

Uns diziam que são para aliviar as angústias. Outros diziam viver sob dependência, passavam a estranhar o mundo, não participavam atentos de tudo o quanto a vida oferecia. De tudo o mais que a vida oferecia, o mais importante seria estar lúcido, quero dizer, atuante e atento para a densidade de ideias e ações que fossem possíveis pensar e viver. Era uma afirmação metida, sei disso. Espelhava uma ideia de racionalidade e atenção com um mundo que nunca esteve nem aí para ser certinho e harmonioso. O mundo costuma dar sangue, sangue e sangue e pouco amor.

Tomei ansiolíticos e fingi esquecer que de tudo no mundo o mais importante seria estar lúcido. Lucidez seria realidade e fantasia, razão e emoção agindo em uma velocidade inimaginável dentro de mim, afetando os círculos cerebrais, ativando olhos, membros, em uma intensidade que misturava olfato, audição, paladar, sensibilidade e, talvez, um bocado de sensações, distúrbios e sentimentos que não fui capaz de dizer com palavras, e não fui capaz de definir como partes de minha realidade, ou de minha fantasia. Partes de minha emoção diante do mundo e do imperceptível lugar. Partes de minha razão, de minha maneira de experimentar o mundo e de viver em toda a incalculabilidade impossível de anunciar ou desvendar por antecipação.

Costumava defender até pouco tempo que não se devia usar remédios para conter angústias e insônias. Primeiro defendi que uma boa sequência de exercícios leves, depois um banho, não apenas tratavam todas as ansiedades como tornavam o ato de dormir mais agradável. Era preciso dormir. Dormir oito horas. Era bom para os neurônios, para o bom funcionamento das ligações neurológicas e bom porque o cérebro precisava desse tempo para fazer uma faxina, limpar o lixo memorialístico do dia. Acreditei que a psicanálise fosse o remédio natural certo e recorria ao diga algo, pode dizer algo para si, algo que só você saiba, em voz alta. Fiz uma oposição displicente e ignorante a outras saídas. Não passaram de ignorâncias.

Se dependesse de mim, naquela época acreditando defender as melhores intenções, muita gente sofreria. Até eu sofri. Ficar esperando o remédio – psicotrópico, ansiolítico – fazer o efeito de afastar de mim uma dor que eu não sabia de onde vinha e não sabia que representava para mim. Uma dor às vezes circulante, em outras, sitiante. Uma dor que queria me desligar do mundo, me esconder de algo que não conseguia adivinhar, mas estava dentro de mim. Achava que o remédio afastava as pessoas da vida. Eu tomava e ficava esperando manter o mundo estável, tranquilizar minhas partes interiores e ter força para minhas partes empreendedoras. Nada acontecia, exceto a lembrança de que, de meu lado, estava um ser invisível a lançar sobre mim cheiro feminino, afastando as mulheres. Arrodeava, dor circulante, mudando de lugar em meu corpo. Arrodeava, dor sitiante, localizada em algum lugar de mim. As mulheres sequer olhavam para mim. Um arrodeamento que me inibia de ter qualquer diálogo com meus amigos, por medo deles olharem de um jeito estranho, levando a pensar e repassar toda minha vida, não tão grandiosa, no entanto, minha vida.

Mas quem é que poderia dizer que uma vida não é intensa, pequena ou grande?

Havia aqueles que tinham vida exterior e extemporânea, viviam com intensidade. Havia outros que tinham vida reservada, pelo jeito ou por insegurança, e viviam com intensidade, a seu modo. Talvez o primeiro, quando para e olha para trás, perceba que pouco arriscou. Se tivesse pensado sem nenhum receio de estar criando uma tragédia, teria vivido melhor. Talvez o que caracterize o primeiro é o sorriso nos lábios e a sensação de não ter a menor importância saber da vida, nem de onde viemos e para onde vamos. O segundo seria o sorriso disfarçado, a seriedade dos gestos e a sensação de a vida estar por encerrar daqui a segundos. Ambos vivem como vivem: não estão próximos do figurado como a incalculabilidade da vida. E aí havia um engano, porque, onde nada parece significar essa ausência de cálculo, algo faz sentido e significa. Onde nada indicava haver sangue, havia. Onde parecia que ninguém seria capaz de dizer ou pensar isso não é comigo, isso não tem nada a ver comigo, logo, não me meto, muita gente seria capaz de viver, agir e pensar assim.

Não fui mais especial que ninguém. Minhas dificuldades não foram maiores ou menores que as dificuldades do resto dos mortais. Nem minhas fantasias eram menores ou maiores, diferentes ou indiferentes. Apenas há quem pense primeiro e materialize o pensamento. Se todos entendem é porque todos são capazes de formular ou ampliar algum sentido, embora haja as reações favoráveis ou desfavoráveis.

Relaxo quando me lembro das fortes dores de cabeça que senti por um ou dois dias seguidos, resistindo a qualquer remédio predeterminado a aliviar minha dor. Qual crença no mundo poderia ser mais forte que o desejo de não mais sentir dor de cabeça e poder planejar minha rotina? Ai, meu Deus, burrice parece não ter cura. Acreditava que minha cabeça ficaria viciada e, estimulada, pediria mais, e mais, e assim minha dor de cabeça não teria fim.

Recorri a um neurologista logo depois de saber que Freud se queixava de dores de cabeça durante toda a vida. O homem passou dezenas de exames. Não aceitei fazer de tão caros que eram. Ele concluiu que eu estava me castigando ao evitar os remédios. Isso, a dor seria um castigo.

Deixei de lado a história e uma vez por semana assumi uma dor de cabeça desconcertante que me tirava do sério. Até que um dia viajei a trabalho. Precisava apresentar uma proposta e o resultado de minhas ideias para um centro de pesquisa na Espanha. Desci no aeroporto pronto para morrer. Uma comissária de bordo ofereceu dois comprimidos. Passou praticamente todo o voo me olhando interrogativa, maternal, provavelmente, sem coragem de perguntar se eu estaria sentindo alguma coisa, e chamasse a atenção das pessoas. Ainda que eu dissesse ser uma simples dor de cabeça, ela e os passageiros, a cada minuto, olhariam para mim, esperando algo mais, tipo a qualquer momento ele vai se pirulitar, suar, sufocar, mostrar sangue, sangue, sangue com sua dor em silêncio.

Toma esses comprimidos, disse a comissária. São franceses. Conheço essa cara. Vi muitas vezes diante do espelho. Dor de cabeça em minha família passa de pai para filho há quatrocentos anos. Minha avó dizia que sua bisavó se queixava de dores de cabeça e a bisavó dela também. Nós vivemos muito, a dor de cabeça é o preço que pagamos.

Que é isso, aspirina?, perguntei.

Chamo de milagre quase instantâneo para a dor de cabeça, disse. Eu resistia a remédios. Foi meu ex-marido, médico, quem receitou pela primeira vez. Se tivesse descoberto antes, quem sabe ainda estivéssemos casados.

Ah, obrigado. Deus abençoe você, falei.

Nordestino?, quis saber.

Sou, respondi.

Não parece.

Pareço. Basta ouvir a música certa, o sotaque certo, as histórias certas.

Quer meu telefone? Fico até amanhã ao meio-dia, me perguntou, direta. Sou Lídia. E você?

Claro, estou quase bom, disse. Sou Noam.

Noam?, perguntou, rindo. Nome diferente. Que quer dizer?

Dizem que significa simpatia, alegria.

E você é simpático?, perguntou, fazendo graça.

Vamos ver se consigo honrar o segredo por trás desse nome.

Rimos.

Peguei o número de Lídia. Fomos ao cinema, depois a um restaurante discreto. E tudo o mais sem muita paixão ou envolvimento. Mas fomos simpáticos e rimos.

O importante é me lembrar de que, desde aquele dia em que tomei os comprimidos franceses, levemente achatados, minha fortaleza racional entrou em crise. Passei a entender que a dor tem remédio. Volta, pode até voltar, mas tem tratamento. Via, com certo ar de quem vê, vê atrasado, minha resistência física e psíquica suportar dores de cabeça e a tratava como insanidade atropelada por informações sobre corpo sadio e longevidade da vida.

Um calmante é diferente de um comprimido para dor de cabeça e há diferenças entre sentir alívio e sentir que esteja pronto para ir para a guerra – qualquer guerra, pequena ou grande. Não vou me esforçar para fazer você entender esta alegoria, por favor. O comprimido de dor de cabeça me deixava satisfeito por ter afastado a dor. O calmante, não: eu ficava esperando acontecer algo para ficar tranquilo e queria me incendiar, tinha forças para incendiar o mundo. As horas passavam e vinha forte a sensação de sono. Não dormia: ficava pensando que estava calmo e poderia o mundo inteiro chamar para a briga, nem ligaria. Por dentro, sabia: tomava calmante. Morria o super-homem, o radical dos radicais, aquele que suportava dor por causa de uma razão enlouquecida que via na dor a saída para o tudo e, também, para o nada. Morria, e com ele, a imbatividade da racionalidade do mundo como a via, uma coisa que acreditava ser algo mais forte em minha maneira de ser.

Agora que o super-homem caiu, tomo remédio para dor de cabeça, vou a guias espirituais e adivinhos, acredito em histórias grotescas e superstições. Também me entusiasmo com os resultados das ciências. Com a vontade radical de provar que onde há evolução precisa haver contradição e equívoco. A evolução costuma vir dos equívocos e contradições até mais que das comprovações. Restou um homem simples com dor, que não aguentava conviver com dor. Pode parecer contraditório, mas quem disse que não deveria ser? Pode parecer equivocado, mas por que deveria ser diferente?

Um homem que prefere viver a pensar que certas dores são desesperadoras, sofrimento, fuga de dentro de si – o eclipse da razão, a meu modo.

Que leva você querer tomar calmantes?, perguntou a terapeuta, sempre com aquela voz pausada, terna, sentada em sua poltrona, cabelos molhados, e um exemplar de cartas de Abelardo e Heloísa próximo de sua mão, em uma mesinha iluminada por uma luz de geladeira. Conheço o livro. Fui eu quem deu a ela de presente no natal do ano passado. Como o tempo passou. Ela recebeu o livro sem maiores alegrias, apertou minha mão, agradeceu e, daí para frente, a sensação que vinha, quando me lembrava da situação, era de que ela havia jogado o livro no primeiro lixeiro encontrado pela frente, para não ter contato com o vírus da transferência, pois poderia vir carregado de sangue, sêmen e, por fim, amor.

Sofri em vão: o livro estava guardado, provavelmente, na vista de todos que a visitavam, em sua biblioteca. Não era o caso. Ao ver o livro a seu lado, não só descobri que devia viver mais e deixar as outras pessoas viverem em seu ritmo, como deveria parar de interpretar o mundo sob uma ótica destrutiva. Era destruído, tornado invisível e indigno de atenção. Tinha de renunciar a esse voto de ressentimento eterno.

Você não quer responder?, insistiu e, daquela vez, parecia apressada.

Tomei calmantes pelo desejo de conseguir, assim, parar para pensar na vida. Sinceramente, desde o início, não acreditava possível. Ainda assim, tomei os calmantes. Sim, calmantes. Gosto de chamar de calmantes. Acreditando conseguir contemplar a vida e colocar as coisas em um ritmo, coisa difícil. Tomo calmantes para me acalmar.

Você acredita que precise de calmantes?, perguntou.

Não acredito. Nem preciso, disse. Mas tomo.

Quer dizer que você não acredita que precise de calmante?

Isso, respondi. Não acredito que eu precise de calmantes, mas tomo. Também não acreditava que precisaria tomar remédio para dor de cabeça. Mas tomo.

Não é diferente?, perguntou.

Nem tanto, embora pareça contraditório, disse. Aqui estou: seis comprimidos de aspirina francesa no bolso. Tem gente que gosta de uísque escocês sem conta-gotas. Outros preferem cigarros ingleses. Há quem se vista com roupa italiana e quem prefira comprar equipamento eletrônico no exterior. Gosto de tudo sem exageros ou afetação. Acredite, cultivo os dias a pensar como fazer chegar até minhas mãos as benditas aspirinas francesas. Não que me tome todo tempo do dia, não é isso, nem nunca seria. Agora, tomo calmante, fraco e popular. Por isso é calmante. Porque acalma. Também tomo chá de camomila e suco natural de maracujá, que dizem ser ótimos calmantes. Uso florais. Embarquei. É um caminho sem volta.

Embarquei, ela repetiu minha expressão, um velho hábito que parecia dizer para mim, quando queria, na verdade, ajustar alguma pergunta. Por que você não tenta parar com os calmantes, embora permaneça com o hábito da aspirina francesa e dos florais?, perguntou.

Posso parar de tomar remédios, disse, e parar de remediar minha vida, e continuar com o chá de camomila e o suco natural de maracujá para enfrentar o mundo com mais tranquilidade, e revezar os chás e sucos com gotas de florais. Isso é fácil, falei.

Incomodava não saber ainda responder por que as pessoas não me viam, por que não me viam como sou. Ou então: por que as pessoas me viam e eu parecia ser alguém insignificante, invisível, quase invisível? Ou será que era eu que não me via, não queria me deixar ver?

Isso tudo incomoda, falei. As respostas parecem que estão vindo, sem perguntas, disse e ela ficou em silêncio.

Como não vêm perguntas? Perguntas sem respostas, minha especialidade, desde menino. Quer dizer, ainda sou criança que hesita crescer, remendei e ela em silêncio.

Pense nisso como transformação em sua vida adulta, disse finalmente. Você falou que a criança tem de crescer, me lembrou de uma frase que cito de Freud, mas não sabia que havia usado como afirmação.

Foi Freud, falei. Tomei emprestado dele, como um modelo genérico. Havia outras frases mais interessantes, mas escolhi essa: a criança tem de crescer. Falei que sou a criança hesitando crescer?, perguntei. Se não falei, deveria falar.

Da viagem a Barcelona, algo parece ter voltado para a normalidade?, perguntou, agora, para meu silêncio.

Assim, agora, disse, nesse momento, fora as aspirinas francesas, tudo parece que foi sem novidade. Sangue e sangue. Nem sêmen, muito menos amor.

vinte e dois.

Eu não era bom exemplo de pessoa feliz, apesar do nome Noam invocar deleite, alegria e simpatia. Se não estivesse na beira da infelicidade, dava graças a minha determinação de vida que sei que me levou experimentar as situações como qualquer humano pendulando coragem e covardia. A terapia sugeria buscar dentro de mim respostas. Diariamente, ficava seduzido por explicações extemporâneas. Um modelo de vida adequado para meu jeito de pensar, fugindo da linha direta da realidade.

A médium me viu envergonhado e perdido na história de uma garota arrodeando minha existência porque eu dava para mim um modelo de existência indiferente para quem interagisse comigo. Também viu minha vida passada, mas me poupou de detalhes. Não era uma história feliz, merecedora de maior atenção de detalhes, exceto pelo fato de que não fui uma pessoa boa, humilhei pessoas, destratei outras tantas. A indiferença vinha de outros estágios espirituais.

Aquela máxima aqui se faz, aqui se paga se repetia em minha cabeça, sentença de destino inalterado que os mais velhos contavam em minha infância, quando alguém prepotente e arrogante sofria um reverso na vida – doença, morte inesperada de alguém querido, falência ou perda da riqueza.

Provavelmente, não tinha pago minha dívida, que, acima de tudo, deveria ser um homem bom, fraternal e otimista com o mundo. Tentava ser tudo isso. Era mentira que fosse: não era bom, era pouco fraternal e cada vez menos otimista, especialmente, comigo.

Homem denso, por dentro, perturbado e perplexo, parecia haver multidões de vozes clamando para que fosse superior, forte, capaz de acalmar o chamado de minha alma. Essa era uma dor maior que a dor de cabeça. Era a dor de não conseguir ser exatamente quem queria ser e saber que não era quem queria ser por incapacidade de dominar todas as vozes que existiam dentro de mim e me impulsionavam ser desinteressado, egoísta, insano muitas vezes, pessimista comigo, com as pessoas, com o mundo.

Dói?, foi a pergunta que a terapeuta nunca fez. Tão simples. Dói?, foi a pergunta que a médium nunca fez, tão clara.

Comecei perceber que a indiferença e a invisibilidade que sentia, tinham algo a ver com o passado exterior a mim nesta vida, e era a maneira como sou nesta vida, em minha vida. Era a minha indiferença e a maneira de tornar as pessoas invisíveis que faziam de mim um ser deslocado, sem convívio social, perdido dentro de mim. Todas as dores parecendo superiores e originais, como se eu não fosse humano. Foi bom descobrir que queria ser humano na vida.

vinte e três.

Conheci a irmã de Gena, um colega de trabalho. Eulália, aquela que fala bem, eloquente. Estava há alguns meses separada do marido. Dava para ver nos olhos que procurava um novo relacionamento. Sabe Deus se não seria medo de ficar sozinha, pensando em si, na vida. Ou se precisava de alguém para constar que havia quem se interessasse por ela. Com todo mundo era cativante, e eu diria até que poderia me apaixonar de primeira, não fosse o tanto que conhecia de suas histórias, e ela não sabia. Desde pequena era temperamental e autoritária, seu ex-marido sofreu, ela ligava para ele simulando arrependimento. Eu era colega de faculdade e de trabalho do irmão, sabia que o ex-marido era um homem alegre, de bem como a vida, cheio de projetos materiais e pessoais que surgiam, acompanhando o desenvolvimento normal dos fatos. Depois dela, virou um Dom Casmurro pessimista, individualista e sem paciência para viver. Não digo que ela seja responsável direta, porque cada um vive como vítima ou herói se quiser. Está certo que as circunstâncias podem deixar a vida rolar. Está certo que seu marido teve escolhas e retornou para o lado dela algumas vezes, é provável, porque gostava da dor de ser vítima ou por imaginar que seria herói no lugar de vítima.

Pode alguém fazer tanto mal a outro? Pode. E pode ser sem querer. No caso dela, acredito que fosse sem querer: simplesmente, era uma pessoa que exigia contemplação demais do outro, renúncia, impunha uma impiedosa exigência: querer que o outro não externasse suas aflições e inseguranças. Todos os gostos e preferências estariam sob seus interesses e humores. Decidia que música ouvir, quais programas de televisão assistir, a comida, os lugares para viajar e conhecer. A casa deveria estar em rigoroso silêncio, a menos que ela quisesse contar, ouvir música ou assistir televisão nas alturas.

O marido até segurou a onda por algum tempo. Mas foi impossível carregar todas as dores do mundo sem externar uma a uma, sem que sofresse pesadas perdas. Suportou, enquanto ela rodava por aí, linda, loira e balançando os cachos. Perdeu a graça de contar histórias e até de ouvir. Sorrir se tornou infortúnio. Era outro homem, abarrotado de infelicidade e desgostoso, pouco do desejado tinha se tornado realidade. Ela anunciou, enfim, para a família e amigos, que ele era inexpressivo. Amadurecia, dia a dia, antipatia por ele e o melhor seria separação. Veja você: foi ela que pediu separação.

Eulália passava toda hora na minha frente, como se jogando sedução para mim, mas não foi essa minha percepção. Se balançava o cabelo, natural. Se sorria com todos os dentes aparecendo, jeito de ser. Se sorria alto e estridente, naturalíssimo. Se se levantava para buscar bebida e bebia mais que todos, corriqueiro. Era tudo de dentro – espontaneidade, facilidade de diálogo, delicadeza.

No canto da sala, o irmão, contava: é tudo falsidade, não entra nessa. Dou mais cinco minutos e vai dizer que está passando um filme ótimo, gostaria de ver e você, depois, tem de levá-la a um restaurante bom, porque senão ela vai dizer que você é mesquinho.

Ora. E daí? Não faz parte dos encontros estar em lugares agradáveis? As mulheres gostam de lugares inusitados e especiais e de poesia. Também eu. Poesia tem seu momento. Um lugar inusitado e especial pode ser uma forma de poesia. Preferem aqueles que são sensíveis a seus interesses e desejos ou preferem aqueles que dão a chance delas agirem como mães e donas de destinos alheios? As suposições acertam ao dizer que preferem cuidar a ser cuidadas. Quando não cuidam, nem querem cuidar, há algo estranho a perceber.

Sugeriu o cinema, o filme, o dia e o horário. O cinema era perto da casa dela e longe de tudo que faço. Uma terça-feira, no meio da tarde. Eu tinha assistido ao filme, fiz breves comentários desinteressantes, falei que iria viajar no outro dia e a história ficou por isso, não sem ela dizer que, quando eu voltasse, não me esquecesse de procurar por seus sinais bem claros e precisos. No outro dia, soube que me achou sem graça e mal-educado.

Nada disso teve importância. Nenhum movimento que tenha feito chamou minha atenção. Não aceitei seguir na conversa, que poderia ter acontecido, e também não aceitei a suposta atenção e o interesse de uma mulher por quem poderia me interessar.

Pode acontecer de a garota não estar por perto?, me lembrei da conversa que tive com a médium, perguntando se isso seria possível.

Sim, meu filho, respondeu. Acontece. Quando alguém de personalidade forte estiver por perto ela pode ficar distante. Mas a mocinha pode ficar atordoando a vida da pessoa, outra pessoa, não mais você, colocando pensamentos embaraçosos nela. Ouvi de tudo. Também posso dizer nada disso é preciso, no sentido de certeza e no sentido de necessidade.

Aquela foi a primeira vez que me vi sozinho e tranquilo, desde que a garota colou, arrodeando minha existência. Percebi que não precisava estar atento vinte e quatro horas por dia para me aproximar de uma mulher.

Me lembro das horas que perdi, rodando de carro pela cidade, telefonando, marcando encontros meteóricos, mesmo sem prazer, sem diálogos ou detalhes da história pessoal de cada uma, apenas por senso de oportunidade.

Queria, com poucas palavras, voltar a impressionar, atrair e seduzir. Mais que isso, imaginava como seria quando conseguisse me expressar de maneira clara, simples e cativante, quando assumisse os movimentos corporais e meu rosto e tudo o mais representassem minha maturidade e minha forma de dizer como vivia no mundo e quanto era bom e importante estar vivo. Imaginava quando não houvesse por que temer a incalculabilidade da vida, e o adulto pudesse florescer da criança hesitante. Quando sangue fosse passado, sêmen fosse circunstância e amor um forma de existência e inspiração.

Depois de um tempo, a sensação de ter uma garota encostada em mim não assustava mais. Adotei a figura sem imagem ou relevo em minhas fantasias, como havia adotado nas fantasias de minha infância uma mulher que não tinha as pernas completas, apenas até os joelhos, e toda noite eu sonhava que ela estaria sobre a meia parede de minha casa, observando meu corpo deitado. Até que um dia, anos depois de ter visto a mulher em um programa de televisão, tomei coragem e resolvi dormir com o travesseiro debaixo da cabeça.

Outro dia, não faz tanto tempo, cruzei com ela em uma das passagens da Avenida Guararapes. Estava envelhecida, gorducha, usando um vestido surrado. Tinha uma cor alegre, ingênua, de gente que estava feliz, de bem com a vida. Minha vontade era cumprimentar aquela senhora, contar tudo, todas as fantasias, todo meu medo, pedir desculpas, perdão, e agradecer pela oportunidade de conhecer uma pessoa como ela.

Não é todo dia que você cruza na rua com um fantasma autêntico, uma fantasia ameaçadora, descobre ser um fantasma totalmente real e se ressente de ter se assustado com alguém tão frágil. Pensei: tudo foi uma questão de como olhei. Uma questão de minha indiferença com o mundo e com as pessoas. Se eu curo a indiferença em mim, eu curo a indiferença das pessoas comigo. Se no lugar de olhar para sua deficiência física, tivesse olhado seus olhos, rosto, jamais teria sofrido tanto como sofri.

Eu não era um homem envolvente, era arrasado, confessei para minha terapeuta, querida ouvinte, sempre indiferente, que nunca transparecia aquele hum, isso é bem comigo. Para mim você é envolvente, imaginei que assim ela teria dito em uma sessão daqueles dias. Não fiquei pensando que, com isso, abria sinal verde para eu avançar, nem suspender o que era vivido ali, encerrar, tomar novo rumo. Ao contrário: pensei que diria você está aos frangalhos. Possui encantos, consigo ver. Por que você, tão perto, não vê?

Ai, santa interpretação, padroeira dos desesperados sem assunto. Na verdade, eu gostava de meu trabalho, era criativo, recebia o bastante para viver bem, e ainda sobrava um pouco. Tinha outras atividades preenchendo minha vida de prazer e esperança. Não tinha muitos amigos. Conhecia muitas pessoas. Talvez a pessoa ideal tenha suspirado de gozo comigo e não tive a atenção de perceber. Mudando minha indiferença com o mundo e as pessoas, mudaria a indiferença das pessoas comigo. É bem provável que a pessoa ideal tenha passado por mim. Não percebi porque andei com todo tipo e não tinha a intenção de saber quem andava comigo, era indiferente a todas.

Mestre, por gentileza, veja aí se vou ser feliz, por favor, pedi para a médium da última vez quando estive com Noela.

Vai, disse. Não vejo, porque não tenho como ver. Dá para sentir. Mas a felicidade não é uma coisa fácil. A felicidade não pode ser lida nas linhas do destino. Se aceita a franqueza, a felicidade não pode ser lida nas linhas do destino. Ela escapa. A felicidade escapa.

Como vou saber se vou ser feliz?, perguntei.

Quando puder ver mais sorrisos que dores, disse. Mas é melhor não esperar. A felicidade escapa.

Em qual ordem: riso, riso, dor? Riso, dor, riso, riso? Dor, riso, riso, riso?, fiz uma pergunta rasteira, puxando para a ironia.

Não dá para dizer desse jeito, respondeu, ignorando a ironia. Tem de ter mais riso. Mas quem constrói o riso não é o outro, nem uma outra, é você.

Diga que faço de errado e mudo, sentenciei.

Você se preocupa demais com as aparências, comentou. O resto é tão simples, até parece que todo mundo um dia disse e sabe muito bem: precisa encontrar as respostas dentro de você. Se perturba demais com dor e sofrimento. Dói?, você se queixa. Dói ser vítima. Você se perturba demais em decidir qual caminho deve seguir. Se esquece de sorrir. Não há paz para quem não percebe quanto é preciso sorrir para mudar o espírito de ver as pessoas e as coisas. Fique em paz com quem você é. Fique em paz com seu ser.

Como devo mudar?, insisti.

Sorria, insistiu. Evite pensar nos atropelos da vida. Pare de pensar, se achar que deva ser por aí. Se ocupe de dar respostas alegres para as situações da vida.

Ainda em uma situação em que me sinta ultrajado?, quis saber, porque ocorria de me sentir ultrajado com a indiferença, embora começasse a perceber estar em mim a indiferença.

Isso é quase nada na vida de qualquer pessoa, até em sua vida, disse. Se sinta motivado, sorria, o mundo é sua casa. Ninguém está tão à vontade no mundo como você. Saboreie sua capacidade de entender os acontecimentos como um dom que é intransferível. Saiba usar o potencial íntimo para o prazer, o riso, a felicidade.

Era um amontoado de palavras. Pareciam arrancadas desses livros que todo mundo acha importante e essencial, não apenas feitos para vender. Desses que todo mundo tem um na casa de praia, na cabeceira da cama, na gaveta do birô do escritório e arrisca dar de presente nos aniversários de desconhecidos e nas comemorações de amigo secreto.

Quem foi que mandou a garota atrás de mim?, perguntei pela milésima vez.

Ninguém, disse. Ela gostou desse seu modelo de indiferença. Era apropriado.

Ela percebeu?, perguntei.

Sim, disse. É tão visível.

Minha indiferença é visível? Está fácil de qualquer um perceber?

Está, disse.

Lamento, falei. Peço desculpas. Não me dava conta disso.

Ah, Noam, é assim. Acontece. Quem é uma mulher que você vê toda semana?, quis saber. Existe?

Uma mulher? Bem, sim, ela existe. Existe, claro. Vou a uma terapeuta toda semana. Catarina Suberman.

Estrangeira?

Ela? Ah, não. Daqui. Pelo sobrenome, não é? Talvez o pai ou o avô.

Que foi que ela perguntou da última vez?

Ela faz quatro a cinco perguntas por encontro, falei. Quase sempre não passam de frases minhas com um ponto de interrogação dela.

Você não notou nenhuma novidade em sua viagem, filho?, perguntou. Ela fez esta pergunta, fez?

Ela fez esta pergunta, sim.

Então? Você não notou nenhuma novidade em sua viagem?

Parei para pensar. Sim, Catarina tinha feito esta pergunta. Não bastasse o mentor descobrir a existência de minha terapeuta, ainda mantinha um diálogo telepático, a ponto de saber que ela fizera uma pergunta.

Então, Noam? Veja: sua vida está mudando. A mulher do avião não conta?

Lídia, meu Deus, Lídia. A comissária, disse, entusiasmado com a descoberta. A comissária. Lídia. A agradável e simpática Lídia. Não houve nada de amor. Houve sêmen, mas sangue, não. Sangue. Não. E ela era agradável e simpática.

E a outra, Noam? A outra cheia de histórias?

Eulália? Não. Não para mim. Para mim não conta.

Mas olhou, não olhou, filho?

Sim, olhou.

vinte e quatro.

Pela primeira vez, nos últimos tempos, marquei um encontro. Helena, raio de sol, aquela que trouxe luz. Fui comprar uma lanterna para deixar no carro. Entrei em uma loja e, antes de chegar na prateleira, uma moça veio do nada, sorrindo.

Olá. Posso ajudar?

Sim, disse. Preciso de uma lanterna.

Oh, disse ela, então precisa de luz.

Sorrimos.

Isso. Luz. Vim aqui porque precisava de luz para deixar dentro do carro, mas agora acho que ganhei mais, veio um raio de sol. Sorrimos.

Qual o seu nome, perguntei.

Helena. O seu?

Noam.

Conversamos. Helena parecia interessada em mim. Por meia hora conversamos vários assuntos e logo eu dei um jeito de dizer que estava sem ninguém. Perguntei se queria sair comigo naquela noite: cinema, lanche, conversa.

Sim, disse. Gosto de cinema, de comer e de conversar. Trabalhar para minha mãe não é fácil. Ela exige pontualidade, limpeza absoluta e inegociável. E gentileza acima de qualquer compromisso. Sorrimos. Marcamos hora.

Cheguei em ponto. Helena saiu do prédio, luz plena, fiquei satisfeito de ver: bonita, bem tratada e sorridente. Gentileza, em tudo, gentileza.

Passamos a noite tentando conversar. Digo tentando porque Helena parecia sufocada e entusiasmada com os tantos caminhos que tentei apontar para nossa conversa não parecer ter fim. Não estava segura sobre aquilo tudo que surgia como informação, embora fosse uma pessoa com ideias sensíveis e delicadas sobre a vida e a maneira das pessoas viverem.

São muitos nomes e situações. Não que não me interessem. Vou deixar você me ver outras noites. Guarde algumas pessoas e histórias para os próximos dias, assim, um dia após o outro, vou querendo descobrir o fio que vai de uma pessoa para a outra, de uma história para a outra.

Oh, tente me entender, pedi. Eu sou assim: falo através de arrodeios. Mas vou chegar naquela parte que mais interessa. Aquela em que concluo falando da importância do amor.

Helena sorriu e olhava em meus olhos, e isso foi bom de ver e de sentir. Enquanto ela me olhava e sorria, eu dizia: Deus, me conceda sensibilidade para admirar este sorriso e este olhar. Não me deixe ser indiferente com Helena. Com mais ninguém, mas, hoje, agora, já, com Helena.

Tínhamos tantos fatos. Olha, Noam, disse, você é tímido, eu também. Poderíamos ficar aqui por toda a vida. Falar do fim do comunismo. Dos buracos da cidade. Dos buracos negros. Da miséria do país. Das corrupções. Dos filmes, peças, livros e isso tudo que gostei, não gostei, é bom, não é bom. Quando olhei para você tive vontade de falar pouquíssimo do mundo. Ouvi você dizer tudo que pensa e incomoda. Quero suas delícias e suas mesquinharias poéticas. Quero dizer das minhas tudo.

Fiquei mudo, mas não estava indiferente. Eu ouvia, sentia e via aquela mulher falando com a voz suave. Fechei os olhos e coloquei minha mão em seu corpo. Seu coração fazia um tum, tum, tum harmonioso. O coração de Helena mandava sua energia para mim, arrodeava meu corpo e se expandia. Qualquer ser que entrasse no campo sensitivo do coração de Helena, aceitava o amor como forma de aceitar e de conviver. Eu estava protegido ficando ao lado de Helena.

Noam, meu encanto, prefiro você silencioso, calado e até mudo, disse, olhando para mim com olhos carinhosos, a meu lado. Prefiro seu silêncio. Ainda bem que você não fala quem é rico, quem não é. Nem fala de fulano da família tal, casado com beltrana da família tal, contraparente do parente do parente que não teria nada a ver com o contraparente do parente. Escuto isso todo dia e é literatura inútil. Para mim é mais inútil que inútil. É insuficiente, não respiro, não me alimento, nem me contamino. Minha família começou com mercadinhos, fomos estudar em escolas caras, com gente montada em nariz de cera.

Está certa, pensei.

No outro dia, nos encontramos no centro da cidade, ao meio-dia. Estava quente, muito quente. Eu tinha ido trabalhar, ela estava numa livraria. Chegamos antes e, não sei como, tive a sensação de que aquele instante era o meio-dia do mundo, e o Sol estava no centro. A terra ardia. As paredes envelhecidas e descascadas combinavam com tantos vendedores de quinquilharias e ruas sujas. Talvez um sino badalando alertara para o horário e a oportunidade.

Olhei para trás e, por um triz e a distância, vi uma garota levantando uma criança no meio da rua. Era uma criança miudinha. Dois mirrados. Dois moleques pulando no meio da rua. Dois puladores de vento, do nada, cantarolando qualquer coisa que encheu meus olhos de lágrimas e minha cabeça de vergonha e humilhação, não por acreditar que aqueles fossem eles, mas porque eu ainda estava longe de ser simples, humilde e sereno. Fiquei paralisado.

Aconteceu alguma coisa? Que houve?, perguntou Helena, assustada com minhas lágrimas.

Vê aquela garota com uma criança de mãos dadas?, perguntei, com as palavras engasgadas em minha garganta

Onde? , perguntou Helena, olhando para trás.

Ali na frente. Aqueles dois molequinhos saltitantes. A garota grande e o garotinho, falei.

Não, não estou vendo. Disse Helena. Mostra onde. Também quero ver.

Figura engraçada, sorri. Mirrada, olhando bem de frente para mim. Parecia recolher algo do chão.

Devem ter entrado na loja. Não estão mais na rua, falou Helena.

Devem ter entrado para sair do sol, disse. Figurinhas engraçadas. De mãos dadas, alegrinhos, encerrei, ajustando a voz e passando as mãos nos olhos.

Fiquei agitado com aquela imagem durante todo o almoço. Não sabia que poderia ver tão nítidos aqueles dois presentinhos de Deus em minha vida. Aquilo foi de encontro a toda a ciência, a toda racionalidade que um dia tentei defender e acreditar. A toda petulância que eu tentei extrair de Kant e Hegel. Quem, por Deus, estaria pensando em ciência em uma hora dessa? Se tinha de acordar do sono dogmático, como profetizara Kant, uma vez desperto, que faria com o estado de vigília, olhos abertos, encarando o mundo sem vontade de sonhar?

Você ficou impressionado com a mocinha, não foi?, quis saber Helena, um pouco assustada com minha reação.

Pela primeira vez vi a garota e seu garotinho com jeito de jogador, pernas compridas e finas, joelhos grossos. Não era feia como pensei, seguindo minha convicta resistência. Nem tinha um rosto fechado e com jeito de poucos amigos. Estava bem vestidinha, tinha até um cheiro doce. Mas precisava de atenção e cuidado. Parecia feliz, como uma menina que ainda era, apesar de garota grande. Uma menina molequinha parada antes da juventude seguir seu rumo na vida e com um molequinho com jeito de craque de futebol.

Contei toda a história a Helena, sem temer que, minutos depois, ela pudesse sorrir, comentar que teria um encontro com amigas e nunca mais desejasse saber de mim. Ouviu atenta e amistosa, segurando minha mão. Até achava graça em algumas passagens. Achava muito graça.

Uau. Genial, disse ela. Uau. Isso é uma história. Nem sei que dizer. Tão bonito conseguir ver que tudo esteve para você como desafios e oportunidades. Como é bom saber que você sai da indiferença com tanta força e consegue ver os espíritos dançando perto de você.

Não fez nenhum comentário desagradável. Não teve pena de mim. Apenas comentou que queria tentar me conhecer. Eu também quero, disse. Penso que entendeu assim, como se eu dissesse sim, sim, eu também quero te conhecer. Sim, uau, eu queria muito. Mas eu disse apenas isso, naquele momento, e apenas dizia isso quando disse eu também quero: eu também quero me conhecer. Tão logo passem estes dias assados.

Vamos dar nome para eles?, perguntou Helena. Eu acho que você não sabe do nome deles e ninguém disse.

Verdade, verdade. A médium não deu nome a eles, mas, se existiram, tinham nome. Bem, eles existiram, pelo que entendi, afirmei.

Entendo, disse. Mas precisam de nomes. Agora precisam de nomes. Eles estão transitando entre nós, ao redor. Vamos dar nomes.

Vamos, disse animado.

Posso sugerir?, perguntou.

Pode.

Não, falou Helena, mudando de ideia. Veja. Melhor assim, disse. Você fecha os olhos e tenta escutar eles dizendo seus nomes.

Sorrimos.

Está bem, falei. Pode funcionar.

Vai funcionar, disse Helena.

Fechei os olhos. Fiquei em silêncio.

No começo, ouvi o ruído de todas as vozes e motores. Aos poucos, emergiu um silêncio. Nada mais se mexia, nem zumbia. Eu estava em um estado de silêncio dentro de mim e não conseguia ser tocado ou alcançado por nem ruído.

Eu sou Edilene, Delinha. E ele é Raí, meu filho, senti esses nomes soprados dentro de mim.

Helena?

Sim, Noam.

Ela, a garota, se chama Edilene, Delinha, eu disse, comovido. E o garotinho se chama Raí.

Olá, Delinha. Olá, Raí, disse Helena. Sejam bem-vindos. Nós vamos cuidar de vocês. De vocês dois. Nós amamos vocês.

Nós amamos vocês, repeti.

Desde aquele momento, Delinha e Raí passaram a ter nomes e existências presumidas e assumidas em minha vida. Helena incluiu os dois em sua vida. Nós, eu Noam e ela Helena, amamos vocês.

vinte e cinco.

Casamos dois anos depois. Uma sorte, acredito. Um presente, estou tranquilo. Uma mulher que aceita cada ato meu com sorriso e palavras agradáveis e me ensinou a ver e aceitar as pessoas com sorrisos e palavras agradáveis. Fui salvo. Eu estava no lugar certo e no dia certo. Eu estava em busca de luz. E creio que minha mulher estava no lugar certo e no dia certo apenas para me conhecer, porque seria seu último dia naquela rotina: tinha concluído medicina e se preparava para residência em pediatria.

Sobre isso, o amor tranquilo, talvez um dia eu possa ou queira dizer alguma coisa menos coisificada dessas memórias purificadas anos atrás. Dessas memórias que, sinto muito, me perdoem, sou grato, mas não fazem mais parte de mim. É bastante discutível que tenham alguma função educativa, moral ou edificante, uma vez que não são de nenhuma validade inspiradora. A travessia tem mais a dizer.

Em uma história de amor tranquilo, pouco vai existir de sangue. Diferente desta sobre aqueles dias assados, quando o sangue esteve desde as palavras pesadas e travadas até a impossibilidade de suportar dizer sem perceber a incerteza na indiferença. Em minha indiferença com as pessoas. Será uma história simples e não darei nenhum sangue que você precise para se concentrar nos detalhes. Darei amor, porque, como sabe, como se diz e como se faz, posso dar todo sangue, mas, sem amor, sem amor, nenhuma história faz sentido.

Cada pessoa anuncia para si as bases existenciais com as quais acredita ser indispensável viver. Mas algo fica de uma pessoa a outra: o mito da eterna juventude, o medo da morte e a busca por um amor. Hoje em dia, as histórias têm sangue e sêmen, têm ódio, traição, deslealdade e rancor. Sempre foram movidas por equívocos, calúnias, difamações, por agentes que gozam e conseguem tornar pessoas amigas em inimigas, amantes em desafetos, pessoas em zumbis.

Você pode colocar muito sangue, todo sêmen e um punhado de maldade em uma história, mas, se não tiver um caso de amor, não vai interessar a ninguém, porque nada de sangue, sêmen e maldade interessa se, no final, não houver amor. O amor é essencial e move dizer algo sobre aquilo que foi visto. O amor é o elixir que torna essencial repetir sem cessar o tudo vivido. O amor inspira querer evoluir. Quando nada se diz do amor, trata-se de uma personagem ou de uma história que não interessa a ninguém. Não fica. Não pega. Quando temos alguém sem saber que venha ser o amor e acredita nunca ter amado, temos alguém que não se move por nenhum compromisso com o outro. Custa acreditar em sua evolução. A evolução de toda espécie depende dos pares, mais que das multidões.

Em nosso caso, depende mais de um ser suportando a realidade do outro, acolhendo psíquica e espiritualmente. Não haveria bando se não houvesse pares. Não haveria pares se não fossem criados os bandos. Se existe alguém para acolher nossas dificuldades reais e cotidianas, nossos limites mentais e espirituais, por favor, vamos agradecer a Deus, mesmo que não acreditemos nele. Agradecer ao destino por ter colocado esse outro em nossa vida para evoluirmos. Ninguém evolui sozinho.

Nossa missão evolutiva primeira é com aquele que precisa de nossa força e insistência de ser como somos e nos dá sua força e insistência de ser como é. Isso também se chama amor.

Se você tem alguém assim, abrace e sinta como o abraço desse outro ajuda você. Com a voz, o cheiro, o toque sem igual. Como a presença e existência de outro motivam você a evoluir sem guerras, sair de seu canto para não ficar no mesmo lugar de uma mentalidade submetida a ocasiões.

Aceitei aqueles molequinhos em minha vida e muitas vezes fui a parques para ter certeza de estarem comigo. Uma vez lá, seguiriam brincando com o vento. Não queria correr deles. Ficava quieto, olhando os brinquedos e esperava. Quando meus filhos foram chegando, nas manhãs de domingos eu levava cada um, e depois todos, aos parques para ter certeza de que os molequinhos reais e espirituais teriam uma bela manhã de diversão.

Helena se referia aos filhos falando dos filhos perceptivos e dos filhos sensitivos dentro de casa. Em suas orações, citava o nome de cada um e incluía Delinha e Raí. Não fosse ela, alguma coisa teria acontecido, mas duvido que tivesse me levado a aceitar e reconhecer os dois como filhos sensitivos. Talvez estivesse detratando sua presença e reclamando como fracassado e vítima de algo que nunca conseguia explicar.

Não tenho mais certeza se eles estão por perto. Tenho a impressão de que partiram e, quem sabe, até voltem como uma continuação minha ou para pessoas mais simples e acessíveis. Desde que conheci Helena tenho aprendido que ser herói de minha história era um ato simples, bem simples. Bastava reconhecer que tudo em minha vida é responsabilidade minha. Um bom dia ou um dia assado fazia parte da maneira como me via e vivia minha história. Helena dispensava reflexões que pudessem imobilizar as escolhas e decisões da vida. Ela nunca soube viver sem ser heroína de sua história.

A maneira mais fácil de não ser vítima da história, que sempre será a história da vida que vivemos, de não ser vítima de ninguém, de nenhuma circunstância ou convicção inflexível, é dar amor. Em uma vida pode haver de tudo, inclusive sangue e sêmen. Podemos dar de tudo para nós e para as pessoas, mas se não houver amor na travessia, a vida vai permanecer sem aquela parte que parece com o bom dia que todos damos nos sentando para começar o dia pelo café da manhã.

Todo dia, fecho os olhos e deixo as vozes chegarem de dentro de meu silêncio. Aos poucos, chega uma após a outra, aquelas que estiverem por perto.

Você vai me entender. Tenho a sensação de que uma luz se amplia, sai de meu coração e se expande, abraçando a todos. Quem estiver perto de mim é tocado e envolvido por minha sensação amorosa de agradecimento e felicidade.